CATALOGUE

DE LA

BIBLIOTHÈQUE

DE

Feu Monsieur P.-A. CHÉRAMY

PREMIÈRE PARTIE

Ouvrages sur les Beaux-Arts
et la Musique
EDITIONS ORIGINALES
d'Auteurs romantiques et contemporains
Histoire d'Italie et de l'Empire Byzantin
Livres illustrés des XVIIIe et XIXe siècles
VOYAGES, ETC.

PARIS

EDOUARD RAHIR
LIBRAIRE
de la Société des Bibliophiles français
55, PASSAGE DES PANORAMAS, 55

LUCIEN GOUGY
LIBRAIRE-EXPERT
près le Tribunal civil de la Seine
5, QUAI DE CONTI, 5

1913

Imprimerie Centrale
de l'Ouest
59-60, Rue de Saumur
La Roche-sur-Yon
(Vendée)

LA VENTE AURA LIEU

du Vendredi 18 au Mardi 22 Avril 1913

A 2 HEURES PRÉCISES

HOTEL DES COMMISSAIRES-PRISEURS,

9, RUE DROUOT,

SALLE N° 9, AU PREMIER

PAR LE MINISTÈRE DE Mᵉ **LAIR-DUBREUIL**, COMMISSAIRE-PRISEUR

6, Rue Favart,

ET DE Mᵉ **BAUDOIN**, SON CONFRÈRE

10, rue Grange-Batelière

ASSISTÉS DE **M. ED. RAHIR**, LIBRAIRE

55, passage des Panoramas,

ET DE

M. Lucien GOUGY, LIBRAIRE

5, quai de Conti.

CONDITIONS DE LA VENTE

La vente se fera au comptant.

Les acquéreurs paieront 10 0/0 en sus du prix d'adjudication.

Les livres devront être collationnés dans les vingt-quatre heures qui suivront l'adjudication. Passé ce délai, ils ne seront repris pour aucune cause.

Les experts se réservent le droit de réunir ou de diviser les numéros du Catalogue.

MM. RAHIR et GOUGY rempliront les commissions des personnes qui ne pourraient assister à la vente.

CATALOGUE

DE LA

BIBLIOTHÈQUE

DE

Feu Monsieur P.-A. CHÉRAMY

LA VENTE AURA LIEU

du Vendredi 18 au Mardi 22 Avril 1913

A 2 HEURES PRÉCISES

HOTEL DES COMMISSAIRES-PRISEURS,

9, RUE DROUOT,

SALLE N° 9, AU PREMIER

PAR LE MINISTÈRE DE Me **LAIR-DUBREUIL**, COMMISSAIRE-PRISEUR

6, Rue Favart,

ET DE Me **BAUDOIN**, SON CONFRÈRE

10, rue Grange-Batelière

ASSISTÉS DE **M. ED. RAHIR**, LIBRAIRE

55, passage des Panoramas,

ET DE

M. Lucien GOUGY, LIBRAIRE

5, quai de Conti.

CONDITIONS DE LA VENTE

La vente se fera au comptant.

Les acquéreurs paieront 10 0/0 en sus du prix d'adjudication.

Les livres devront être collationnés dans les vingt-quatre heures qui suivront l'adjudication. Passé ce délai, ils ne seront repris pour aucune cause.

Les experts se réservent le droit de réunir ou de diviser les numéros du Catalogue.

MM. RAHIR et GOUGY rempliront les commissions des personnes qui ne pourraient assister à la vente.

CATALOGUE

DE LA

BIBLIOTHÈQUE

DE

Feu Monsieur P.-A. CHÉRAMY

PREMIÈRE PARTIE

Ouvrages sur les Beaux-Arts
et la Musique
EDITIONS ORIGINALES
d'Auteurs romantiques et contemporains
Histoire d'Italie et de l'Empire Byzantin
Livres illustrés des XVIIIe et XIXe siècles
VOYAGES, ETC.

PARIS

EDOUARD RAHIR
LIBRAIRE
de la Société des Bibliophiles français
55, PASSAGE DES PANORAMAS, 55

LUCIEN GOUGY
LIBRAIRE-EXPERT
près le Tribunal civil de la Seine
5, QUAI DE CONTI, 5

1913

ORDRE DES VACATIONS

	Numéros
Vendredi 18 Avril.	1 à 215 Livres en lots.
Samedi 19 Avril	216 à 430 Livres en lots.
Lundi 21 Avril	431 à 645 Livres en lots.
Mardi 22 Avril.	646 à la fin. Livres en lots.

CATALOGUE

DE LA

BIBLIOTHÈQUE

DE

Feu Monsieur P.-A. CHÉRAMY

BEAUX-ARTS

I. GÉNÉRALITÉS. — REVUES ET COLLECTIONS. ARCHÉOLOGIE

1. **Art** (L'), revue hebdomadaire illustrée. *Paris*, *Rouam*, 1875-1880, 24 vol. in-fol., fig., br. et reliés.

2. **Arts** (Les), revue mensuelle des musées, collections, expositions. *Paris*, *Manzi*, du n° 1 au n° 131 (nov. 1912), in-fol., en livraisons.

Manquent les nos 2, 6, 7, 8, 10, 12, 27, 32, 38, 120, 122, 125.

3. **Arts** (Les) et les Artistes. *Paris*, 1905 (origine) à 1912, 92 nos gr. in-4, fig., br., couvert.

Manquent les nos 4, 8, 13, 16, 20, 30, 31, 36, 40, 63, 83, 84 et 85.

4. **Bibliothèque** de l'Enseignement des Beaux-Arts, publiée sous la direction de M. Jules Comte. *Paris*, *Quantin*, *s. d.*, 45 vol. in-8, fig., cart. toile de l'éditeur.

5. **Cartault** (A.). Terres cuites grecques photographiées d'après

les originaux des collections privées de France et des musées d'Athènes. *Paris, Colin et Cie, s. d.*, in-fol., pl., br.

6. **Charcot et Richer** (Docteurs). Les Démoniaques dans l'art. — Les Difformes et les Malades dans l'art. *Paris, Lecrosnier*, 1887-1889, 2 vol. in-4, fig., br. — L'Art et la Médecine, par le Dr P. Richer. *Paris, Gaultier, s. d.*, gr. in-8, fig., br. — L'Hérédité des Stigmates de Dégénérescence et les Familles souveraines, par le Dr V. Galippe. *Paris, Masson*, 1905, pet. in-4, fig., br., couvert. — Ens. 4 vol.

7. **Collignon** (Maxime). Histoire de la Sculpture grecque. Tome I. *Paris, Didot*, 1892, gr. in-8, fig., br.

8. **Ebe** (Gustav). Die Spat-Renaissance. Kunstgeschichte der europaischen lander von der mitte der 16. bis zum ende des 18. jahrunderts. *Berlin, Springer*, 1886, 2 vol. in-8, fig., br. — Dr. A. Weese. Der Schone Mensch in der Kunster aller zeiten, mittelalter und renaissance. *München, Hirth*, 1900, 2 vol. in-4, fig., en feuilles, dans des cartons. — Ens. 4 vol.

9. **Enlart** (Camille). Manuel d'Archéologie française depuis les temps mérovingiens jusqu'à la Renaissance. — Manuel d'Art byzantin, par Ch. Diehl. *Paris, Picard*, 1903-1910, 3 vol. in-8, fig., br.

10. **Fillon** (Benjamin). Lettres écrites de la Vendée à M. Anatole de Montaiglon. *Paris, Tross*, 1861, in-8, pap. vergé, fig., maroq. vert jansén., dent. int., tr. dor. (*Allo*).

11. **Gazette** des Beaux-Arts. *Paris*, gr. in-8, fig., en livraisons (*L'année 1859 est reliée en deux volumes*).

Années 1859, 1881 à 1893, 1909, 1910, 1911, complètes. Nous avons en plus les années suivantes incomplètes : 1869, de 3 nos. — 1876, de 11 nos. — 1878, de 7 nos. — 1879, de 6 nos. — 1880, de 9 nos. — 1894, de 2 nos. — 1895, de 4 nos. — 1896, de 4 nos. — 1897, de 3 nos. — 1898, de 1 no. — 1899, de 5 nos. — 1900, de 3 nos. — 1901, de 4 nos. — 1902, de 4 nos. — 1903, de 3 nos. — 1904, de 7 nos. — 1905, de 4 nos. — 1906, de 5 nos. — 1907, de 1 no. — 1908, de 1 no. — 1912, du no de décembre.

12. **Gusman** (P.). Pompei. Préface de M. Max. Collignon. *Paris*,

May, s. d., gr. in-4, fig., br. — Kilian. Li Antichita di Ercolano esposte. *Aug. Vindelicorum, s. d.* (*XVIII*[e] *siècle*), 5 tomes en 1 vol. in-fol., pl., demi-rel. (*Planches seulement*). — La Nouvelle Maison de Pompei. *Naples, Niccolini*, 1898, gr. in-fol., fig., br. — Fouilles de Pompei. *Naples, Niccolini, s. d.*, 25 pl. en couleurs, gr. in-fol., dans un carton. — Les Petits Amours et la Maison des Vetti. *Naples, Niccolini*, gr in-fol. oblong. — Ens. 5 vol. in-fol.

13. **Haack** (Dr. Fried.). Die Kunst des XIX. Jahrhunderts. *Stuttgart*, 1905, pet. in-4, fig., cart. toile de l'édit. — Franz Stuck über 100 reproductionen nach genalden und plastichen werkers; text von O. J. Bierbaum. *München*, 1893, in-fol., fig., cart. toile. — Die Kunst des 19. Jahrhunderts und der gegenwart, von Dr. B. Daun. *Berlin*, 1909, in-8, fig., br. — Ens. 3 vol.

14. **Havard** (Henry). L'Art à travers les Mœurs; illustrations par C. Goutzwiller. *Paris, Decaux*, 1882, gr. in-8, fig., cart. de l'édit., tr. dor. — Les Maisons des Champs au pays de France, par Jean de Bonnefon et G. Wybo. *Paris*, 1911, in-4 oblong, fig., br. — Ens. 2 vol.

15. **Histoire de l'Art** (L') en tableaux. *Leipzig, Seemann*, 1879, 3 vol. in-fol. oblong, nombr. fig., cart. toile de l'éditeur. — R. Engelmann. L'Œuvre d'Homère illustrée par l'art des anciens, traduit de l'allemand par L. Benlœw. *Paris, Reinwald*, 1891, in-fol. oblong, fig., cart. — Bas-reliefs du Parthénon et du temple de Phigalie, gravés par les procédés d'A. Collas. *Paris, Didier*, 1860, in-fol. oblong, fig., cart. toile. — Ens. 5 vol.

16. **Jahrbuch** der Kunsthistorichen sammlungen des allerhochsten Kaiserhauses. *Wien*, 1883-1887, 8 vol. in-fol., fig., br.

17. **Jahrbuch** der Koniglich preussischen Kunstsammlungen. *Berlin*, 1880-1905, 15 vol. in-fol., fig., en fascicules.

18. **Kuntgeschichte** in Bildern. Systematische darstellung der entwickelung der bildenden Kunst vom Klassischen altertum

bis zem ende des 18. jahrhunderts. *Leipzig*, *Seemann*, 1900, 5 vol. in-fol., fig., cart. toile de l'éditeur.

19. **Laborde** (Cte de). La Renaissance des Arts à la Cour de France, études sur le XVIe siècle. Additions au tome I : Peinture. *Paris*, *Potier*, 1855, in-8, demi-rel. chag. La Vallière, tête dor., n. rog. — Documents paléographiques relatifs à l'histoire des beaux-arts pendant le moyen âge, par Champollion-Figeac. *Paris*, *Dupont*, 1868, in-8, br. — Mélanges sur l'Art contemporain, par le Vte H. Delaborde. *Paris*, *Renouard*, 1866, in-8, demi-rel. veau fauve, tête dor., n. rog. — Ens. 3 vol.

20. **Lacroix** (Paul). Les Arts au Moyen Age et à l'époque de la Renaissance. *Paris*, *Didot*, 1869, gr. in-8, fig., br. — Vie militaire au Moyen Age et à l'époque de la Renaissance. *Paris*, *Didot*, 1877, gr. in-8, fig., demi-rel. chag. rouge, plats toile, ornements spéciaux, tr. dor. — Mœurs, Usages et Costumes à l'époque de la Renaissance et au Moyen Age. *Paris*, *Didot*, 1874, gr. in-8, fig., demi-rel. chag. rouge, plats toile, tr. dor. — Directoire, Consulat et Empire. *Paris*, *Didot*, 1884, gr. in 8, fig., demi-rel. chag. rouge, coins, filets, dos orné, tête dor., n. rog. — Ens. 4 vol.

21. **Le Bon** (Dr Gustave). La Civilisation des Arabes. Ouvrage illustré de 10 chromolithographies, 4 cartes et 366 gravures. *Paris*, *Didot*, 1884, gr. in-8, fig., demi-rel. chag. rouge, coins, filets, dos orné, tête dor., n. rog.

22. **Le Bon** (Dr Gustave). Les Civilisations de l'Inde. *Paris*, *Firmin-Didot*, 1887, gr. in-8, fig., demi-rel. dos et coins de mar. rouge, dos orné, tête dor., non rog.

23. **Lubke et Von Lutzow** (Prof. Drs.). Denkmaler der Kunst. 203 tafeln in folio und erklarender textband. *Stuttgart*, *Neff*, 1890, in-fol. oblong, fig., rel. de l'édit. en veau fauve, ornements en couleurs sur les plats, tr. dor. ciselée.

24. **Lubke**. Geschichten der italienischen malerei vom vierten bis ins XVI, jahrhundert. *Stuttgart*, 1879, 2 vol. in-8, fig., br. —

Kunstwerke und Kunstler. *Breslau, s. d.*, in-8, fig., br. — Grundriss der Kunstgeschichte. I band. *Stuttgart*, 1887, in-8, fig., rel. de l'éditeur. — Geschichte der bildenden Kunst, von E. Ribbach. *Berlin*, 1884, in-8, fig., br. — Ens. 5 volumes.

25. **Maze-Censier** (Alph.). Le Livre des Collectionneurs. *Paris, Loones*, 1885, in-8, fig., br. — Ernest Bosc. Dictionnaire de l'Art, de la Curiosité et du Bibelot. *Paris, Didot*, 1883, gr. in-8, fig., demi-rel. chag. rouge, coins, dos orné, tête dor., n. rog. — Ens. 2 vol.

26. **Ménard** (René). La Vie privée des Anciens. Dessins d'après les monuments antiques par Cl. Sauvageot. *Paris, Morel*, 1880-1883, 4 vol. gr. in-8, fig., br. — Le Monde vu par les artistes. Géographie artistique; ouvrage orné d'environ 800 gravures et cartes. *Paris, Delagrave*, 1881, in-4, fig., cart. — Ens. 5 vol.

27. **Millet** (Gabriel). Le Monastère de Daphni. Histoire, architecture, mosaïques. Aquarelles de M. Pierre Benouville. Ouvrage illustré de 19 planches hors texte et de 75 gravures. *Paris, Leroux*, 1899, in-fol., fig., br.

28. **Müntz** (Eugène). La Renaissance en Italie et en France à l'époque de Charles VIII, illustré de 300 gravures dans le texte et de 38 planches tirées à part. *Paris, Firmin-Didot*, 1885, in-4, fig., br., couvert.

29. **Müntz** (Eugène). Histoire de l'Art pendant la Renaissance. *Paris, Hachette*, 1889-1895, 3 vol. in-4, fig. dans le texte et hors texte en noir et en couleurs, rel. spéciale de l'éditeur.

30. **Muther** (Richard). Die Kunst : sammlung illustrierter monographien. *Berlin, Bard, s. d.*, 33 vol. in-18, fig., cart. de l'éditeur.

31. **Phidias**. Les Frises du Parthénon; 22 planches reproduites en phototypie, par G. Arosa. *Paris, Morel*, 1868, gr. in-fol., fig. montées sur onglets, demi-rel. maroq. rouge.

32. **Reinach** (Salomon). Répertoire de la Statuaire grecque et romaine. — Répertoire de Peintures du Moyen Age et de la

Renaissance (1280-1580) *Paris, Leroux*, 1897-1910, 6 vol. in-12 carré, fig., br. — Recueil de Têtes antiques idéales ou idéalisées. *Paris*, 1903, in-8, fig., br. — Apollo. — Minerva. — Orphéus. *Paris*, 1905-1909, 3 vol. in-12, fig., cart. de l'éditeur. — Cornélie ou le Latin sans pleurs. — Eulalie ou le Grec sans larmes. *Paris, Hachette*, 1912, 2 vol. in-16, fig., rel. de l'éditeur. — Ens. 12 vol.

33. **Revue** de l'Art ancien et moderne. Directeur : Jules Comte. *Paris*, 1897 (origine) à 1912, in-4, fig., en livraisons.

Années 1909, 1910 et 1911 complètes. — Nous avons en plus : 1897, 1 no. — 1898, 7 nos. — 1899, 8 nos. — 1900, 7 nos. — 1901, 8 nos. — 1902, 3 nos. — 1903, 10 nos. — 1904 7 nos. — 1905, 9 nos. — 1906, 6 nos. — 1907, 7 nos. — 1908, 10 nos. — 1912, 11 nos.

34. **Ricci** (Dott. Corrado). Italia artistica, monografie illustrate. *Bergamo*, 1906, 18 vol. (sur 20), gr. in-8, fig., br., dans des cartons.

Manquent les volumes 13 et 14 : Subbio. — Da Commachio ad Argenta.

35. **Rio** (A.-F.). De l'Art chrétien. *Paris, Bray*, 1874, 4 vol. in-12, br. — Essai historique et descriptif sur la Peinture sur verre, par E.-H. Langlois. *Rouen, Frère*, 1832, in-8, fig., demi-rel. veau vert. — S. Reinach. Apollo, histoire générale des arts plastiques. *Paris, Hachette*, 1904, in-12, fig., cart. toile de l'édit. — Les Dieux et les Demi-Dieux de la Peinture, par Th. Gautier, A. Houssaye, et P. de Saint-Victor; illustrations par M. Calamatta. *Paris, Morizot*, 1864, gr. in-8, fig. sur acier, demi-vélin, coins, n. rog. (*Ex. sur papier de Hollande*). — Ens. 7 vol.

36. **Risegna** d'arte. *Milano*, 1901 (origine) à 1912, in-fol., fig., en livraisons.

Manque l'année 1909.

37. **Schoener** (Dr Reinhold). Rome, avec 290 illustrations originales. *Paris, Nilsson, s. d.*, gr. in-4, fig., cart. de l'éditeur. — Le Forum romain et la Voie sacrée, par M. F. Hoffbauer, texte

par Mr l'abbé Thédenat. *Paris*, *Plon*, 1905, gr. in-4, fig., br. — La Vie publique et privée des Grecs et des Romains. Album contenant environ 885 gravures, par Gustave Fougères. *Paris*, *Hachette*, 1894, in-fol., fig., cart. — Ens. 3 volumes.

38. **Serradifalco** (Duc de). Vues pittoresques des anciens monuments de la Sicile (texte en italien et en français). *Naples*, 1843, gr. in-fol., fig., demi-rel. chag. noir, coins, dos orné.

Exemplaire provenant de la bibliothèque de San Donato.

39. **Soane** (John). Sketches in Architecture, containing plans and elevations of cottages, villas, and other useful buildings, with characteristic scenery. *London*, 1793, in-fol., fig., demi-rel., n. rog. (*Rel. fatiguée*).

40. **Spemann** (Wilhelm). Das Museum. Eine anleitung zum genuss der werke bildender kunst. *Berlin*, *s. d.*, 11 vol. pet. in-fol., fig., cart. toile de l'édit., tr. rouge.

41. **Stillmann** (W. J.). Venus and Apollo in painting and sculpture. *London*, *Bliss*, 1897, in-fol., pl en noir et en couleurs, rel. de l'édit., n. rog.

42. **Teuerdank**, fahrten und traume deutscher maler. *Berlin*, *Fischer*, *s. d.*, 5 vol. pet. in-fol., fig., cart. toile de l'éditeur.

43. **Witkowski** (Dr G.-J.). L'Art profane à l'Eglise, ses licences symboliques, satiriques et fantaisistes. — Tétoniana. Les Seins à l'Eglise. *Paris*, 1907-1908, 3 vol. in-8, fig., br.

44. **Woltmann et Woermann**. Geschichte der Malerei. *Leipzig*, *Seemann*, 1882, 2 vol. gr. in-8, fig., demi-rel. vélin, n. rog. — Impressionismus antike und neuzeit von W. Weisbach. *Berlin*, *Grote*, 1910, 2 vol. in-4, fig., br. — Ens. 4 vol.

45. **Woermann** (Karl). Geschichte der Kunst aller zeiten und volker. *Leipzig*, 1906, 3 vol. in-8, fig., rel. de l'éditeur. — Weltgeschichte der Kunst bis zur erbauung der Sophienkirche, grundriss von L. von Sybel. *Marburg*, 1888, pet. in-4, fig., cart. de l'éditeur. — Ens. 4 vol.

II. PEINTURE ET SCULPTURE

1. — Traités. — Biographies générales. — Mélanges.

46. **Alberti** (Léon. Bapt. de). De Pictura libri III. *Basileæ*, 1540, pet. in-8, maroq. bleu, filets à froid, dent. int., tr. dor. (*Thompson*). — De la Statue et de la Peinture, traduits du latin en français, par C. Popelin. *Paris, Lévy*, 1868, in-8, pap. vergé, demi-rel. maroq. rouge, coins, tête dor., n. rog. — Ens. 2 vol.

47. **Argenville** (Dezallier d'). Abrégé de la Vie des plus fameux Peintres, avec leurs portraits gravés en taille-douce, les indications de leurs principaux ouvrages, quelques réflexions sur leurs caractères, et la manière de connaître les desseins des grands maîtres. *Paris, De Bure*, 1745-1752, 3 vol. in-4, fig., veau marb., filets, dos orné, dent. int., tr. dor. (*Rel. anc.*).

1 frontispice gravé par Fessard, 3 vignettes et 1 cul de lampe par Choffard, et 225 portraits dans le texte, dont 19 sont compris dans des encadrements gravés par Aubert.

48. **Art** (L') **et le Beau**. A. Rodin. — F. Rops. — Fragonard. — Montmartre et ses artistes. — Louis Legrand. — F. Boucher. — Degas. — W. Hogarth. — L. Corinth. — E. Delacroix. — Les Grands Maîtres anglais. — Fritz Bœhle. — Constantin Guys. — Rossetti. *Paris, Librairie artistique et littéraire, s. d.*, 14 fascicules in-fol., fig., br., couvert.

49. **Artistes célèbres** (Les). *Paris, Librairie de l'Art, s. d.*, 51 vol. pet. in-4, fig. : 43 sont brochés, et 4 dans le cartonnage de l'éditeur.

50. **Beaux-Arts** (Les). Illustration des Arts et de la Littérature. *Paris, Curmer*, 1842-1843, 2 vol. de texte et 1 vol. de planches, in-4, demi-rel. veau vert, dos orné.

Belle publication illustrée de 136 planches par Baron, Beaucé, Chenavard, Daubigny, J. Dupré, R. Fleury, Français, Gavarni, etc.

51. **Beaux-Arts** (Les). Musée des Chefs-d'Œuvre contemporains. *Paris*, *Dentu*, 1875, gr. in-fol., 43 pl., demi-rel. chag. rouge, n. rog.

Nous y joignons : Les Beaux-Arts. L'Art moderne. *Paris*, 1877, album gr. in-fol. de 73 pl. gravées à l'eau-forte, demi-rel. maroq. rouge (*Epreuves avant la lettre sur pap. de Chine*).

52. **Bell** (Mrs. Arthur) Representative Painters of the XIXth century. *London*, *Sampson Low*, 1909, in-4, fig., cart. toile de l'édit. — Historical Portraits, by H. B. Wheatley. — Portrait Miniatures, by G. C. Williamson. *London*, *Bell*, 1897, 2 vol. in-8, fig., cart. toile de l'édit. — Etching in England, by F. Wedmore. *London*, *Bell*, 1895, pet. in-4, fig., cart. toile de l'édit. — Ens. 4 vol.

53. **Blanc** (Charles). Histoire des Peintres de toutes les écoles. *Paris*, *Ve Renouard*, 1875, 14 vol. in-fol., fig., demi-rel. chag. vert.

54. **Brian's** Dictionary of Painters and Engravers. New edition revised and enlarged under the supervision of G. C. Williamson. *London*, *Bell*, 1903, 5 vol. in-8, figures, cart. de l'édit., n. rog.

55. **British Museum**. Reproductions from Illuminated Manuscripts. *London*, 1907, 2 vol. in-8, 100 pl., en feuilles, dans des cartons.

56. **Burger** (W.). Le Salon de 1844. — Le Salon de 1845. — Le Salon de 1846. — Trésors d'art en Angleterre. — Galerie Suermont à Aix-la-Chapelle. — Musée d'Anvers. — Le Christ bénissant les enfants, par Rembrandt. — Van der Meer de Delft. — Salons (1861 à 1868). — Galerie de MM. Pereire. *Paris*, 1846-1870, 9 vol. in-12 et in-8, br.

57. **Champlin** (J. Denison). Cyclopædia of Painters and Paintings. *London*, *Quaritch*, 1888, 4 vol. gr. in-8, fig., cart. toile de l'édit., tête dor., n. rog.

58. **Chefs-d'œuvre** (Les) des Grands Maîtres. Notices par

M. Ch. Moreau-Vauthier. *Paris, Hachette*, 1904, in-fol., fig., cart. toile de l'éditeur.

59. **Dayot** (Armand). L'Image de la Femme. *Paris, Hachette*, 1899, in-4. fig., br. — La Femme dans l'antiquité grecque, par G. Notor. Préface de M. Eugène Müntz. *Paris, Laurens*, 1901, in-4, fig., br., couvert. — Ens. 2 vol.

60. **Defer** (P.). Catalogue général des Ventes publiques de tableaux et estampes, depuis 1737 jusqu'à nos jours. *Paris, Aubry*, 1863-1868, 4 vol. in-8, br. — Les Ventes de tableaux, dessins, estampes et objets d'art aux XVIIe et XVIIIe siècles, par Georges Duplessis. *Paris, Rapilly*, 1874, in-8, br. — Ens. 5 vol.

61. **Erskine** (Mrs. Stewart). Beautiful Women in history and art. *London, Bell*, 1905, in-4, portraits, cart. toile de l'édit., n. rog.

62. **Gautier** (Théophile). L'Art moderne. — Les Beaux-Arts en Europe. *Paris, Lévy*, 1856, 3 vol. in-12, br., couvert. (*Edition originale*). — Guide de l'Amateur au Musée du Louvre. — Portraits contemporains. *Paris, Charpentier*, 1874-1882, 2 vol. in-12, br., couvert. (*Edit. originale. — Ex. sur pap. de Hollande*). — Ens. 5 vol.

63. **Gonse** (Louis). Les Chefs-d'Œuvre de l'Art au XIXe siècle. *Paris, Librairie illustrée, s. d.*, 5 vol. in-4, fig., br., couvert.

64. **Grands Artistes** (Les). *Paris, Laurens, s. d.*, 28 vol. in-8, fig., cart. de l'édit. ou br.

Mantegna. — Delacroix. — F. Hals. — Praxitèle. — Chardin. — Les Préraphaëlistes anglais. — Ingres. — Millet. — Canaletto. — Rubens. — Velazquez. — Titien. — Gros. — Gainsborough. — L. de Vinci. — A. Durer. — Pinturicchio. — Carpaccio. — Daumier. — Chardon. — Prudhon. — Fragonard. — Michel-Ange. — David. — Lysippe Douris. — Luini. — Carpeaux.

65. **Great Artists** (The). *London, Sampson Low*, 1879-1891, 18 vol. pet. in-8, fig., cart. toile de l'éditeur.

Reynolds. — Watteau. — Murillo. — Velazquez. — Van Dyck et

F. Hals. — The little Masters of Germany. — Romney; Lawrence. — Millet, Rousseau, Diaz. — Cruikshank. — Ruisdael, Hobbema, Cuyp, Potter. — Tintoretto. — Tiziano. — Fra Angelico, Majaccio. — Corot, Daubigny, Dupré. — Rembrandt. — Holbein. — Durer. — Correggio. — Mantegna, Francia.

66. **Great Masters** (The) in Painting and Sculpture, edited by G. C. Williamson. *London, Bell,* 1899-1904, 29 vol. pet. in-8, fig., cart. toile de l'éditeur.

Luini. — Velazquez. — Signorelli. — Sodoma. — Memling. — Mantegna. — Pinturricchio. — P. della Francesca. — Rembrandt. — Watteau. — Botticelli. — Hals. — Rubens. — Raphael. — Ferrari. — Giotto. — Giorgione. — Grivelli. — Michael Angelo. — Correggio. — A. del Sarto. — Francia. — Perugino. — Brunelleschi. — Wilkie. — Dou. — Tintorello. — A. della Robbia. — Van Dyck.

67. **Justi** (Ludwig). Die Italienische Malerei des XV. jahrunderts. *Berlin, Fischer, s. d.,* in-4, fig., cart. de l'éditeur. — The History of Painting from the fourth to the early nineteenth century, by R. Muther, translated from the german by G. Kriehn. *London, Putman,* 1907, 2 vol. in-8, fig., cart. toile de l'éditeur. — Ens. 3 vol.

68. **Knacksuss** (H.). Künstler-Monographien. *Bielefeld,* 1896, 85 vol. in-8, fig., cart., n. rog.

69. **Lafenestre et Richtenberger**. La Peinture en Europe. La Belgique. — Florence. — La Hollande. — Le Louvre. — Rome. — Venise. *Paris, Librairies-Imprimeries réunies, s. d.,* 6 vol. pet. in-8, fig., cart. toile de l'éditeur.

70. **Lejeune** (Théodore). Guide théorique et pratique de l'Amateur de Tableaux. *Paris, Ve Renouard,* 1864, 3 vol. in-8, veau marb., ornements à froid sur les plats.

71. **Maîtres modernes**. Adolphe Menzel, étude par F.-G. Dumas. — Théodule Ribot, étude par L. Fourcaud. — Le Salon de 1885, par O. Mirbeau. — Bastien Lepage, par L. de Fourcaud. *Paris, Baschet, s. d.,* 4 vol. in-fol., fig., en feuilles, dans des cartons.

72. **Moreau-Vauthier** (Ch.). L'Homme et son image. *Paris, Hachette, s. d.*, gr. in-8, fig., demi-rel. chag. rouge, coins, tête dor., n. rog. — La Beauté de la Femme, par le Dr Stratz, traduit de l'allemand par R. Waltz; 180 illustrations. *Paris, Gaultier, s. d.*, in-8, fig., cart. toile. — Ens. 2 vol.

73. **Moreau-Vauthier** (Ch.). Les Portraits de l'Enfant. *Paris, Hachette, s. d.*, gr. in-8, fig., rel. de l'éditeur, ornements spéciaux, tr. dor. — Emile Michel. Les Maîtres du Paysage, ouvrage contenant 170 reproductions dans le texte et 40 planches en héliogravure. *Paris, Hachette*, 1906, gr. in-8, fig., br. — Ens. 2 vol.

74. **Ménard** (René). Entretiens sur la Peinture, avec 50 eaux-fortes. *Paris*, 1875, gr. in-4, fig., demi-rel. chag. La Vallière, dos orné, tête dor., n. rog. — L'Art en Alsace-Lorraine. *Paris, Delagrave*, 1876, gr. in-8, fig., rel. de l'éditeur, tr. dor. — Ens. 2 vol.

75. **Propert** (J.-L.). A History of Miniature Art, with notes on collectors and collections. *London, Macmillan*, 1887, in-4, fig., cart. toile de l'édit., n. rog.

76. **Rooses** (Max). Les Chefs-d'Œuvre de la Peinture, de 1400 à 1800, ouvrage orné de 410 illustrations et 13 planches en couleurs. *Paris, Flammarion, s. d.*, in-4, demi-rel. chag. rouge, dos orné, tête dor., n. rog. — The Wallace Collection at Hertford House, by A. L. Baldly. *Paris, Goupil*, 1904, in-4, fig., cart. de l'éditeur. — Masterpieces of the Great Artists A. D. 1400-1700, by Mrs. Arthur Bell. *London, Bell*, 1896, in-4, fig., cart. de l'éditeur. — Ens. 3 vol.

77. **Sculpture moderne** (La). Les Grands Maîtres au XIXe siècle. *Paris, Daveau*, 1896-1901, 2 vol. in-fol., 300 planches, en feuilles, dans des cartons.

78. **Siret** (Adolphe). Dictionnaire historique des Peintres de toutes les écoles, depuis l'origine de la peinture jusqu'à nos

jours. *Paris*, *Lacroix*, 1874, 1 tome en 2 vol. gr. in-8, br., couvert.

L'un des 100 exemplaires sur grand papier vergé de Hollande.

79. **Siret** (Adolphe). Dictionnaire historique et raisonné des Peintres de toutes les écoles, depuis l'origine de la peinture jusqu'à nos jours. *Paris*, 1883, 2 vol. gr. in-8, demi-rel. dos et coins de chag. rouge, dos orné, tête dor., non rogné (*Engel*).

80. **Société d'Aquarellistes Français**. Ouvrage d'art publié avec le concours artistique de tous les sociétaires. Texte par les principaux critiques d'art. *Paris*, *Launette*, 1883, 8 fascicules in-fol., fig., en feuilles, dans des cartons. — Grands Peintres français et étrangers. *Paris*, *Launette*, 1886, 8 fascicules in-fol., fig., en feuilles, dans des cartons. — Ens. 16 vol.

81. **Vachon** (Marius). La Femme dans l'art. *Paris, Rouam*, 1893, gr. in-8, fig., br. — G. Notor. La Femme dans l'antiquité grecque. Préface de M. Eug. Müntz. *Paris*, *Laurens*, 1901, in-4, fig., br. — Ens. 2 vol.

82. **Vinci** (Leonardo da). Trattato della Pittura, novamente dato in luce, con la vita dell' istesso autore, scritta da Rafaelle du Fresne, si sono giunti i tre libri della pittura, et il trattato della statua di L. B. Alberti, con la vita del medesimo. *Parigi*, *Langlois*, 1651, in-fol., fig., veau (*Rel. anc.*).

Exemplaire aux armes du *Maréchal duc de Gramont;* les armoiries d'un plat sont un peu grattées.

83. **Vinci** (Lionardo da). Trattato della Pittura. *Milano*, 1804, in-8, fig., demi-rel. veau bleu. — Traité élémentaire de la Peinture, avec 58 fig., d'après les dessins de Le Poussin. Nouv. édit. augmentée de la vie de l'auteur (par Gault de St-Germain). *Paris*, 1803, in-8, fig., demi-rel. bas. viol., dos orné. — Ens. 2 vol.

84. **Vinci** (Leonard de). Traité de la Peinture, donné au public et traduit d'italien en français, par R. F. S. D. C. (Roland Fréart,

sieur de Chambray). *Paris, Langlois*, 1651, in-fol., portr. et fig., demi-rel. veau.

85. **Vinci** (Léonard de). Traité de la Peinture, revu et corrigé. Nouvelle édition augmentée de la Vie de l'auteur (par Martin de Charmoy). *Paris, Giffart*, 1716, in-12, portr. et fig., veau fauve, fil., tr. dor. (*Derôme*).

Très bel exemplaire.

86. **Vinci**. Les Manuscrits de Léonard de Vinci, publiés en facsimilés, avec transcription littérale, traduction française, préface et table méthodique, par M. Charles Ravaisson-Mollien. *Paris, Quantin*, 1881-1891, 6 vol. in-fol., fig., brochés.

87. **Vinci**. Les Manuscrits de Léonard de Vinci, reproduits en facsimilés, d'apres les originaux. *Paris, Rouveyre*, 1893-1901, 31 vol. in-fol. et in-4, fig., cartonnage de l'éditeur.

88. **Vinci** (Leonardo da). Il Codice, nella biblioteca del principe Trivulzio, transcritto ed annotato da L. Beltrami, riprodotto in 94 tavole eliografiche da A. della Croce. *Milano, Dumolard*, 1891, gr. in-8, pl., br. — I Disegni di L. da Vinci delle biblioteca di S. M. riprodotto in fototipia da P. Carlevaris. *Torino*, 1888, in-fol., en feuilles, dans un carton. — Ens. 2 volumes.

89. **Vinci**. Il Codice atlantico di Leonardo da Vinci, riprodotto e pubblicato della Regia Accademia dei Lincei. Trascrizione diplomatica e critica di Giovanni Piumati. *Milano, Hoepli*, 1894-1905, in-fol., pl., en 35 fascicules.

90. **Vinci** (Léonard de). De l'Anatomie, feuillets A. publiés par Th. Sabachnikoff avec traduction en langue française, précédés d'une Etude par M. Duval. *Paris, Rouveyre*, 1898, pet. in-fol., cart. en vélin, fig., n. rog. — Traité de la Peinture; traduction nouvelle avec un commentaire par Péladan. *Paris, Delagrave, s. d.*, in-8, br. — Del moto e misura dell'acqua. *Bologna*, 1828, in-4, demi-rel. maroq. La Vallière, coins, dos orné, tr. peigne. — Drawings. *London, Newnes, s. d.*, in-4, fig., cart. de l'éditeur. — Ens. 4 vol.

2. — Ecole française.

91. **Album** de la Gazette des Beaux-Arts. 1re et 3e séries. *Paris, s. d.*, 2 vol. gr. in-fol., 100 pl. gravées à l'eau-forte, en feuilles, dans des emboîtages.

92. **Archives** de l'Art français, recueil de documents inédits relatifs à l'Histoire des Arts en France, publié sous la direction de Ph. de Chennevières. — Abecedaire de P. J. Mariette et autres notes inédites de cet amateur sur les arts et les artistes. — Histoire des Arts du Dessin, depuis l'époque romaine jusqu'à la fin du XVIe siècle, par M. Rigollot, accompagnée d'un atlas de 58 planches. *Paris, Dumoulin*, 1851-1864, 15 vol. in-8, fig., demi-rel. chag. rouge, dos orné, n. rog.

93. **Artistes contemporains** (Les). *Paris, Lemercier, s. d.*, 2 vol. gr. in-fol., fig., demi-rel. chag. La Vallière.

Recueil composé de 2 titres et de 313 lithographies à deux teintes tirées sur papier de Chine, d'après les tableaux et dessins de Decamps, Delacroix, Diaz, Daumier, Gavarni, Géricault, Meissonier, Tassaert, C. Nanteuil et autres artistes de l'époque romantique.

94. **Astruc** (Zacharie). Les 14 Stations du Salon (1859), suivies d'un Récit douloureux (Préface de George Sand). *Paris, Poulet-Malassis*, 1859, in-12, demi-toile Bradel, n. rog., couvert. cons.

Bel ex. dans lequel on a intercalé *le manuscrit autographe de George Sand* (4 pages), et *deux lettres autographes* de Z. Astruc à Poulet-Malassis, dont l'une est illustrée du croquis qui sert de vignette à la couverture du volume.

95. **Barbizon School** (The) of painters. Corot, Rousseau, Diaz, Millet, Daubigny, etc., by D. Croal Thomson. *London, Chapman*, 1891, in-4, fig., cart. de l'édit., n. rog. — Corot and Millet, with critical essays by G. Geffroy and A. Alexandre. *Paris, s. d.*, in-4, fig., br. — J.-F. Millet and the Barbizon school, by A. Tomson. *London, Bell*, 1903, in-8, fig., cart. toile, n. rog. — Ens. 3 vol.

96. **Cahen** (Gustave). Eugène Boudin, sa vie et son œuvre, avec

une Préface d'Arsène Alexandre, un frontispice à la pointe sèche par P. Helleu, un essai d'eau-forte par E. Boudin, huit eaux-fortes par L. Delteil, et de nombreuses héliotypies. *Paris, Floury*, 1900, pet. in-4, fig., br., couvert.

97. **Chasseriau** (Théodore). Othello. 15 esquisses dessinées et gravées. *Paris*, 1844, gr. in-fol., fig., en feuilles. — Th. Chasseriau, souvenirs et indiscrétions, par A. Bouvenne. *Paris, Detaille, s. d.*, gr. in-8, fig., br. — Ary Renan, Th. Chasseriau et les Peintures du palais de la Cour des Comptes. *Paris*, 1898, br. gr. in-8. — Ens. 3 vol.

98. **Cladel** (Judith). Auguste Rodin. L'Œuvre et l'Homme. Préface par Camille Lemonnier. *Bruxelles, Van Oest*, 1908, pet. in-fol., fig., broché.

99. **Clément** (Charles). Catalogue de l'œuvre de Géricault. — Géricault. *Paris, Gazette des Beaux-Arts*, 1866-1867, 2 vol. gr. in-8, demi-rel. chag. rouge, tête dor., non rog.

Dédicace autographe de l'auteur à Sainte-Beuve sur chaque volume. — Nous y joignons : Ch. Clément. Prudhon, sa vie et son œuvre. *Paris, Didier*, 1865, in-8, fig., demi-rel. chag. grenat, n. rog.

100. **Corot**. Album de Fac-simile, d'après les dessins de C. Corot. *Arras, Desavary*, 1873, gr. in-fol., fig., en livraisons.

101. **Cousin** (Jean). Le Livre de Fortune, recueil de 200 dessins inédits, publié d'après le manuscrit original, par L. Lalanne. — Claude Lorrain, sa vie et ses œuvres, par Mme M. Pattison. — Charles Le Brun, décorateur, ses œuvres, son influence, ses collaborateurs et son temps, par A. Genevay. *Paris, Rouam*, 1883-1886, 3 vol. in-4, fig., br.

102. **David** (J. L. Jules). Le Peintre Louis David. 1748-1825. Souvenirs et Documents inédits. *Paris, Havard*, 1880-1882, gr. in-4, br., et album de planches in-fol., gravées à l'eau-forte, en feuilles, dans un carton.

103. **David d'Angers**. Quinze Portraits en médaillons gravés par

les procédés Colas, une vue lithographiée de la maison de David à Paris, *et un dessin original avec notes autographes de l'artiste*, en 1 vol. in-4, demi-rel. chag. La Vallière.

104. **Médaillons** (Les) de David d'Angers, réunis et publiés par son fils. *Paris, Lahure*, 1867, in-fol., portr. et figures photographiés, demi-rel. chag. vert, plats toile, ornem. spéciaux.

105. **Davillier** (Baron). Fortuny, sa vie, son œuvre, sa correspondance. *Paris, Aubry*, 1875, in-8, fig., br., couvert. (*Ex. sur pap. de Chine avec les fig. en deux états*). — F. Henriet. C. Daubigny et son Œuvre gravé. *Paris, Lévy*, 1875, gr. in-8, pap. vergé, fig., demi-toile Bradel, n. rog. — A. Piedagnel. J.-F. Millet, souvenirs de Barbizon, avec un port. et 9 eaux-fortes par Max. Lalanne, A. Lalauze, F. Rops, etc. *Paris, Ve Cadart*, 1876, gr. in-8, pap. vergé, fig., demi-rel. chag. rouge, dos orné, tête dor., n. rog. — Comte d'Ideville. Gustave Courbet, notes et documents, avec 8 eaux-fortes de Martial et un dessin par Ed. Manet. *Paris*, 1878, pet. in-4, fig., br. — Ens. 4 vol.

106. **Decamps** (Alexandre). Le Musée. *Paris*, 1834, in-4, fig., demi-rel. veau violet, dos orné, ébarbé.

Recueil de planches lithographiées par Cél. Nanteuil, E. Delacroix, etc. — Bel ex. contenant la pl. *Femmes d'Alger*, gr. à l'eau-forte par Cél. Nanteuil, tirée sur *papier de Chine*.

107. **Degas**. Vingt Dessins (1861-1896). *Paris, Boussod, s. d.* (1897), gr. in-fol., fig. en couleurs, en feuilles, dans un emboîtage.

108. **Delacroix** (Eugène). Fac-simile de dessins et croquis originaux, par Alfred Robaut. *Paris, Cadart*, 1864-1865, 2 vol. in-fol., figures, cart., n. rog., et en feuilles.

70 planches en fac-simile. — Il manque les nos 57, 59, 63, 65, 66 et 67.

109. **Delacroix** (Eugène). Six Fauves; eaux-fortes par A. Bouvenne, *tirées à 112 exemplaires*. In-fol., en feuilles, dans un

carton. — Eug. Delacroix à l'Ecole des Beaux-Arts (mars-avril 1885), étude par Marius Vachon. *Paris, Baschet, s. d.*, in-fol., fig., en feuilles, dans un carton (*Port. de Delacroix gr. par L. Gaucherel ajouté*). — Ens. 2 vol.

110. **Delacroix.** L'Œuvre complet de Eugène Delacroix, peintures, dessins, lithographies, catalogué et reproduit par Alfred Robaut, commenté par Ernest Chesneau. Ouvrage publié avec la collaboration de M. Fernand Calmettes. *Paris, Charavay*, 1885, in-4, fig., br., couvert.

Exemplaire sur *papier du Japon.*

111. **Delacroix.** L'Œuvre complet de Eugène Delacroix, peintures, dessins, gravures, lithographies, catalogué et reproduit par Alfred Robaut, commenté par Ernest Chesneau. Ouvrage publié avec la collaboration de Fernand Calmettes. *Paris, Charavay*, 1885, in-4, port. et fig., demi-rel., dos et coins de mar. rouge, non rog., couvert. cons.

Un des 25 exemplaires sur *papier Whatman.*

112. **Delacroix** (Eugène). Lettres (1815 à 1863), recueillies et publiées par M. Philippe Burty, avec fac-simile de lettres et de palettes. *Paris, Quantin*, 1878, in-8, fig., demi-rel. maroq. vieux rouge, coins, filets, tête dor., n. rog., couvert. cons. (*Champs*).

Bel exemplaire, l'un des 50 sur *papier de Hollande* contenant le portrait en deux états, dans lequel on a intercalé une *lettre autographe de Delacroix à Bocage* et un mandat de la Société des Amis des Arts signé par l'artiste. — Nous y joignons : Eug. Delacroix, sa vie et ses œuvres (par Piron). *Paris, Claye*, 1865, in-8, demi-vélin, coins, n. rog.

113. **Delacroix** (Eugène). Lettres (1815 à 1863), recueillies et publiées par M. Ph. Burty. *Paris, Quantin*, 1878, in-8, fig., cart. toile de l'édit., n. rog. — Lettres, recueillies et publiées par M. Ph. Burty. *Paris, Charpentier*, 1880, 2 vol. in-12, br. — L. Delteil. Le Peintre graveur illustré. Tome III : Eug. Delacroix et Ingres. *Paris*, 1908, in-4, fig., br. — E. Delacroix, documents nouveaux, par Th. Silvestre. *Paris, Lévy*, 1864, in-12, br. — Ad. Moreau, E. Delacroix et son œuvre. *Paris,*

Jouaust, 1873, in-8, fig., br. — E. Delacroix, sa vie et ses œuvres (par E. Piron). *Paris, Claye*, 1865, in-8, demi-toile, n. rog. — Ens. 7 vol.

114. **Delacroix** (Eugène). Lettres (1815 à 1863), recueillies et publiées par M. Ph. Burty. *Paris, Quantin*, 1878, in-8, pl., cart. toile de l'édit., n. rog. — Lettres inédites (1813-1861), recueillies et publiées par J. J. Guiffrey. *Paris, Pillet*, 1877, in-8, demi-vélin, coins, n. rog. (*L'un des 10 ex. sur papier de Chine*). — Eug. Delacroix, sa vie et ses œuvres (par Piron). *Paris, Claye*, 1865, in-8, demi-rel. chag. vert, dos orné, tr. peigne. — 29 Lettres d'E. Delacroix adressées à C. Dutilleux. *Paris*, 1867, in-8, portraits, texte autographié, cart. toile, n. rog. (*Tiré à 25 ex.*). — Journal. *Paris, Plon*, 1893-1895, 3 vol. in-8, br. — E. Delacroix, par Eug. Véron. *Paris, Rouam, s. d.*, pet. in-4, fig., br. (*Ex. sur papier du Japon*). — Catalogue de la vente E. Delacroix. *Paris, Claye* 1864, in-8, br. (*Ex. sur pap. vergé avec les noms des acquéreurs et les prix d'adjudication*). — Ens. 9 vol.

115. **Delacroix** (Eugène). Journal, précédé d'une Etude sur le Maître, par M. P. Flat. *Paris, Plon*, 1893-1895, 3 vol. in-8, portr. et fac-simile, br. — Lettres, recueillies et publiées par Ph. Burty. *Paris, Fasquelle*, 1880, 2 vol. in-12, br. — Lettres inédites (1813-1863), recueillies et publiées par J. J. Guiffrey. *Paris, Pillet*, 1877, in-8, br. — Eugène Delacroix, sa vie et ses œuvres (par Piron). *Paris, Claye*, 1865, in-8, demi-rel. chag. La Vallière, tête dor., n. rog. — Catalogue de la Vente E. Delacroix. *Paris, Claye*, 1866, in-8, cart. toile. — Ens. 8 vol.

116. **Delacroix**. Le Voyage de Eugène Delacroix au Maroc. Fac-similé du manuscrit du Musée du Louvre (cent-six pages d'aquarelles, dessins, croquis et notes du maître). Introduction et Description des albums conservés au Louvre, au Musée Condé et dans les collections Etienne Moreau-Nélaton et de Mornay, par Jean Guiffrey. *Paris, Marty*, 1909, 2 vol. pet. in-8, fig., dans un carton.

117. **Delacroix** (Eugène), sa vie et ses œuvres (par Piron). *Paris.*

Claye, 1865, in-8, demi-rel. maroq. bleu, tête dor., n. rog. — E. Delacroix à l'Exposition du boulevard des Italiens. *Paris*, *Lainé*, 1864, gr. in-8, *fig. ajoutées*, demi-toile, n. rog. — Eug. Delacroix, par E. Véron. *Paris*, *Rouam*, *s. d.*, 2 vol. pet. in-4, fig., br. (*Ex. sur papier du Japon avec le tirage en bistre hors texte des illustrations*). — E. Delacroix devant ses contemporains, par M. Tourneux. *Paris*, *Rouam*, 1886, in-8, demi-rel. chag. vieux rouge, tête dor., n. rog. — Catalogue de la Vente Delacroix. *Paris*, 1864, in-8, cart. — E. Dargenty. E. Delacroix par lui-même. *Paris*, *Rouam*, 1885, in-12, br. — Lettres inédites de E. Delacroix, recueillies et publiées par J. J. Guiffrey. *Paris*, *Pillet*, 1877, in-8, br. — Les Peintures d'E. Delacroix à la Bibliothèque de la Chambre des députés, par G. Geffroy. *Paris*, *Rouam*, 1903, in-4, fig., br. — Ad. Moreau. E. Delacroix et son œuvre. *Paris*, *Jouaust*, 1873, in-8, fig., br. — Ens. 10 vol.

118. **Delacroix**. Réunion de 15 vol. et brochures relatifs à la vie et à l'œuvre de l'artiste par Dargenty, Cantaloube, Tourneux, Bussy, Véron, H. de La Madelène, Gonse, Geffroy, etc.

119. **Desmaze** (Charles). Le Musée de La Tour à Saint-Quentin. Reproduction photographique des pastels par Goupil. *S.-Quentin*, *Hendricks*, 1877, in-fol., portraits photographiés, en feuilles, dans un carton.

120. **Duret** (Théodore). Histoire d'Edouard Manet et de son Œuvre, avec un Catalogue des peintures et des pastels. *Paris*, *Floury*, 1902, in-4, port. et fig., broché.

Un des 50 exemplaires imprimés sur *papier du Japon*.

121. **Duret** (Théodore). Histoire des Peintres impressionnistes : Pissarro, Claude Monet, Sisley, Renoir, Berthe Morisot, Cézanne, Guillaumin. *Paris*, *Floury*, 1906, in-4, fig., br.

122. **Fromentin**. Vingt-cinq Dessins de Eugène Fromentin reproduits à l'eau-forte par E. L. Montefiore. Texte biographique et critique par Ph. Burty, avec fac-similé d'après les croquis du maître. *Paris*, 1877, in-fol., pl., en feuilles, dans un carton. —

Sahara et Sahel. Edit. illustrée de 12 eaux-fortes, d'une héliogravure et de 4 gravures en relief, d'après les dessins de E. Fromentin. *Paris, Plon*, 1887, gr. in-8, fig., br. — Ens. 2 vol.

123. **Fromentin** (Eugène). Les Maîtres d'autrefois. Belgique. — Hollande. *Paris, Plon*, 1876, in-8, br., couvert.

Edition originale.

124. **Fromentin** (Eugène). Sahara et Sahel. Edition illustrée de 12 eaux-fortes, d'une héliogravure et de 45 gravures en relief d'après les tableaux, les dessins et les croquis d'E. Fromentin. *Paris, Plon*, 1879, in-4, fig., br., couvert. — Eugène Fromentin, peintre et écrivain, par M. Louis Gonse. Ouvrage augmenté d'un Voyage en Egypte et d'autres notes et morceaux inédits. *Paris, Quantin*, 1881, gr. in-8, fig., br. — Ens. 2 vol.

125. **Géricault**. Etudes de Chevaux d'après nature. *Paris, Gihaut, s. d.* (vers 1823), in-fol. oblong, 37 pl. lithographiées, cart., n. rog.

Bel exemplaire à toutes marges.

126. **Géricault**. Etudes de Chevaux. *Paris, Gihaut, s. d.*, gr. in-fol., fig., en feuilles, dans la couverture de publication.

Suite de 13 planches à toutes marges.

127. **Géricault**. Recueil factice de 47 planches lithographiées : études de chevaux, scènes théâtrales, etc., publiées à Paris et à Londres de 1821 à 1823, en 1 vol. in-fol. oblong, demi-rel. maroq. La Vallière, coins, dos orné, tr. marb. (*Bibolet*).

Belles épreuves : 22 planches sont tirées sur *papier de Chine*.

128. **Géricault**. Fac-similes de Dessins extraits des Livres de Croquis de Géricault et lithographiés par plusieurs artistes. *Paris, Blaisot*, 1825, pet. in-fol., 20 pl., en feuilles, couvert. (*La pl. 6 manque*). — Géricault, étude biographique et critique avec le Catalogue raisonné de l'œuvre du maître, par Ch. Clément. *Paris, Didier*, 1879, in-8, fig., br., couvert.

129. **Géricault**. Dessins lithographiés en fac-simile, par A. Colin. 1re livraison (6 planches). *Paris, Leconte*, 1866, gr. in-fol., en feuilles, couvert.

Nous y joignons : Géricault, étude biographique et critique avec le Catalogue raisonné de l'Œuvre du Maître, par Ch. Clément. *Paris, Didier*, 1879, in-8, fig., br.

130. **Goncourt** (Edmond et Jules de). L'Art au xviiie siècle. — Catalogue raisonné de l'Œuvre de P. P. Prudhon. *Paris, Rapilly*, 1873-1876, 3 vol. in-8, br. — French Engravers and Draughtsmen of the XVIIIth century, by Lady Dilke. *London, Bell*, 1902, in-4, fig., cart. toile, n. rog. — Ens. 4 vol.

131. **Goncourt** (Edmond et Jules de). L'Art du dix-huitième siècle. Troisième édition, revue et augmentée, et illustrée de planches hors texte. *Paris, Quantin*, 1880-1883, 2 vol. gr. in-4, fig., en 14 fascicules.

132. **Goncourt** (E. et J. de). La Tour, étude contenant 4 dessins gravés à l'eau-forte. *Paris, Dentu*, 1867, pet. in-4, pap. vergé, fig., demi-rel. maroq. La Vallière, coins, tête dor., n. rog. — Etudes d'art. Préface de Roger Marx. *Paris, Flammarion, s. d.*, in-12, fig., br., couvert. (*Ex. sur pap. de Chine avec les figures en deux états*). — Hokousaï. *Paris, Charpentier*, 1896, in-12, port., br., couvert. — Catalogue de l'Œuvre peint, dessiné et gravé d'Antoine Watteau et de P. P. Prudhon. *Paris, Rapilly*, 1875-1876, 2 vol. in-8, pap. vergé, br. — Ens. 5 vol.

133. **Harrisse** (Henry). L.-L. Boilly peintre, dessinateur et lithographe, sa vie et son œuvre (1761-1845). *Paris*, 1898, in-4, fig., br., couvert.

134. **Heures de Milan**. Troisième partie des Très belles Heures de Notre Dame enluminées par les peintres de Jean de France duc de Berry. 28 feuillets historiés reproduits d'après les originaux, avec une introduction historique par G. H. de Loo. *Bruxelles, Van Oest*, 1911, in-fol., pap. vergé, fig., en feuilles, dans un emboîtage.

135. **Ingres** (J. A.). Œuvres, gravées au trait sur acier, par A. Réveil. *Paris, Didot*, 1851, in-4, fig., cart. (*Dédicace autographe de Ingres à Réveil*). — La Semaine, dessins faits à Rome en 1813, gravés par W. Haussoullier en 1869. 8 pl. in-fol., en feuilles. — Ingres, sa vie et ses œuvres, par Ch. Blanc. *Paris, Renouard*, 1870, gr. in-8, fig., br. (*Ex. en pap. de Hollande*). — Catalogue des tableaux, dessins et croquis de Ingres exposés à l'Ecole des Beaux Arts. *Paris, Lainé*, 1867, in-8, cart. — Ens. 4 vol.

136. **La Combe** (Ch. de). Charlet, sa vie, ses lettres, suivi d'une Description raisonnée de son œuvre lithographique. *Paris, Paulin*, 1856, in-8, port., demi-toile, n. rog. (*Lettre autographe ajoutée*). — Raffet, sa vie et ses œuvres, par Auguste Bry. *Paris, Dentu*, 1861, in-8, fig., cart. — Raffet, son œuvre lithographique et ses eaux-fortes, suivi de la Bibliographie complète des ouvrages illustrés de vignettes d'après ses dessins, par H. Giacomelli. *Paris*, 1862, in-8, fig., demi-rel. chag. noir, dos orné. — Alex. Piedagnel. J.-F. Millet, souvenirs de Barbizon, avec un port. et 9 eaux-fortes par M. Lalanne, A. Lalauze, F. Rops, etc. *Paris, Vve Cadart*, 1876, in-8, pap. vergé, fig., br. — Ens. 4 vol.

137. **Lapauze** (Henry). Les Pastels de M. Q. de La Tour à Saint-Quentin. Préface de M. Larroumet. *Paris, Bulloz, s. d.*, in-fol., pl., en feuilles, dans un carton.

138. **Lapauze** (Henry). Les Portraits dessinés de J. A. D. Ingres. *Paris, Imprimerie Nationale*, 1903, in-fol., en feuilles, dans un cartonnage.

139. **Lecomte** (Georges). L'Art impressionniste, d'après la collection privée de M. Durand-Ruel. 36 eaux-fortes, pointes-sèches et illustrations dans le texte de A.-M. Lauzet. *Paris, Chamerot*, 1892, pet. in-4, fig., br., couvert.

L'un des 25 ex. sur *papier du Japon* avec dédicace autographe à M. Chéramy.

140. **Lecomte** (Georges). L'Art impressionniste. *Paris, Chame-*

rot, 1892, in-4, fig., br. — La Peinture romantique de 1815 à 1830, par L. Rosenthal. *Paris*, *May*, 1900, in-4, br. — F. Khnoff, par L. Dumont-Wilden. *Bruxelles*, 1907, in-4, fig., br. — Seven lithographies by Clot from the water colours of August Rodin, with a chaplet of verse, by A. Crowley. *London*, 1907, pet. in-fol., fig., cart. toile, n. rog. — Ens. 4 vol.

141. **Le Lorrain** (Claude). Liber veritatis; or a Collection of prints after the original designs, executed by Richard Allom. *London*, *Hurst*, 1819, 3 vol. in-fol., fig., demi-rel. bas. rouge, coins, n. rog. (*Rel. anglaise*).

142. **Maillard** (Léon). Auguste Rodin statuaire. *Paris*, *Floury*, 1899, pet. in-4, fig., br., couvert.

143. **Marx** (Roger). Études sur l'École française. *Paris*, *Gazette des Beaux-Arts*, 1903, in-4, fig., br., couvert.

144. **Meier-Graefe** (J.). Impressionisten. Guys, Manet, Van Gogh, Pissarro, Cezanne. *München*, *Piper*, 1907, pet. in-4, fig., cart. toile de l'édit. — Entwicklungsgeschichte der modern Kunst. *Stuttgart*, 1904, 3 vol. in-4, fig., cart. toile de l'édit. — Félix Vallotton. *Paris*, *Sagot*, 1888, in-fol. oblong, fig., br. — Ens. 5 vol.

145. **Meissonier** (Jean-Louis-Ernest). Ses Souvenirs. — Ses Entretiens, précédés d'une Etude sur sa vie et son œuvre, par M. O. Gréard. *Paris*, *Hachette*, 1897, gr. in-8, fig., br. — Catalogue des tableaux, études peintes, aquarelles et dessins composant l'atelier Meissonier. *Paris*, 1893, gr. in-4, fig., br. — Jean-Louis-Ernest Meissonier. *Paris*, *Ecole des Beaux-Arts*, 1893, pet. in-4, fig., br. (*Ex. sur pap. du Japon*). — Ens. 4 vol.

146. **Patoux** (Abel). L'Œuvre de M. Q. De La Tour au Musée de Saint-Quentin, et les dernières années du Peintre, d'après des documents inédits. Soixante-dix portraits gravés à l'eau-

forte par A. Lalauze. *Saint-Quentin*, 1882, in-fol., fig., en feuilles, dans un cartonnage.

Un des 200 exemplaires sur *papier de Hollande*.

147. **Piedagnel** (Alexandre). J.-F. Millet, souvenirs de Barbizon, avec un portrait et neuf eaux-fortes par Ch. Beauverie, M. Lalanne, Ad. Lalauze, Piguet, Félicien Rops, Saint-Raymond et A. Taiée. *Paris*, *Ve Cadart*, 1876, in-8, fig., en feuilles, couvert., dans un étui.

L'un des 15 ex. sur *grand papier Whatman* contenant les figures *avant la lettre*. — Nous y joignons : Le Livre d'or de J.-F. Millet, par un ancien ami, illustré de 17 eaux-fortes originales de F. Jacque. *Paris*, *Ferroud*, *s. d.*, in-4, pap. vergé, fig., br. — Et 22 eaux-fortes de Laguillermie, d'après les tableaux de Millet, *épreuves avant la lettre*.

148. **Port** (Célestin). Les Artistes peintres angevins. *Paris*, *Imprimerie nationale*, 1872, in-8, br. — Notes et Notices angevines. *Angers*, *Germain*, 1879, in-8, demi-rel. veau fauve. — Les Artistes angevins. *Angers*, *Germain*, 1881, in-8, demi-rel. cuir de Russie, coins, tête dor., n. rog. (*Pagnant*). — Questions angevines. *Angers*, *Lachèse*, 1884, in-12, br. — Ens. 4 vol.

149. **Portalis** (Baron Roger). Honoré Fragonard, sa vie et son œuvre. 210 planches et vignettes d'après les peintures, estampes et dessins originaux. *Paris*, *Rothschild*, 1889, in-4, fig., br., couvert.

150. **Raffet**. Notes et Croquis mis en ordre et publiés par Auguste Raffet, avec 257 dessins inédits, gravés en relief par Amand Durand. *Paris*, *Goupil*, 1878, in-fol., fig., br. — Henri Beraldi. Raffet, peintre national. *Paris*, *s. d.*, gr. in-fol., fig., br. — Raffet, sa vie et ses œuvres, par Aug. Bry. *Paris*, *Dentu*, 1861, in-8, fig., cart. toile Bradel, n. rog. — Ens. 3 vol.

151. **Renan** (Ary). Gustave Moreau (1826-1898). *Paris*, *Gazette des Beaux Arts*, 1900, in-4, fig., br. (*Un des 10 ex. sur papier du Japon*). — Paul Flat. Le Musée Gustave Moreau. *Paris*,

Societé d'Editions artistiques, s. d., in-4, fig., en feuilles, dans un carton. — Ens. 2 vol.

152. **René.** Œuvres choisies du roi René, avec une biographie et des notices, par M. le Comte de Quatrebarbes, et un grand nombre de dessins, d'après les tableaux et manuscrits originaux, par M. Hawke. *Paris, Picard*, 1849, 2 vol. in-fol., fig., demi-rel. chag. vert, dos orné, tête dor., n. rog. — Extrait des Comptes et Mémoriaux du roi René pour servir à l'histoire des arts au xve siècle, publiés par A. Lecoy de La Marche. *Paris, Picard*, 1873, in-8, br., couvert. — Ens. 3 vol.

153. **Roger-Milès** (L.). Alfred Roll. *Paris, Lahure*, 1904, in-4, fig., br., couvert.

154. **Seidel** (Paul). Les Collections d'œuvres d'art françaises du xviiie siècle appartenant à S. M. l'empereur d'Allemagne; histoire et catalogue. Traduction française par P. Vitry et J. Marquet de Vasselot. *Berlin*, 1900, in-fol., fig., cart. de l'édit., tr. dor.

155. **Sensier** (Alfred). La Vie et l'Œuvre de J.-F. Millet, manuscrit publié par P. Mantz, avec de nombreux fac-simile. *Paris, Quantin*, 1881, in-4, fig., br., couvert.

L'un des 100 ex. sur *papier de Hollande* avec *deux états des planches.*

156. **Sensier** (Alfred). La Vie et l'Œuvre de J.-F. Millet, manuscrit publié par Paul Mantz, avec de nombreuses illustrations. *Paris, Quantin*, 1881, gr. in-4, fig., br.

157. **Thiers** (A.). Salon de 1822, orné de cinq lithographies. *Paris, Maradan*, 1822, in-8, fig., demi-rel. maroq. rouge, coins, filets, dos orné, tête dor., n. rog. — Salon de 1831, par M. Gustave Planche. *Paris, Pinard*, 1831, in-8, fig., rel. pleine en cuir de Russie, filets, n. rog. — Ens. 2 vol.

158. **Thirion** (H.). Les Adam et Clodion. *Paris, Quantin*, 1885, in-4, fig., br., couvert.

159. **Vachon** (Marius). Eugène Delacroix à l'Ecole des Beaux-Arts (mars-avril 1885). *Paris, Baschet, s. d.*, in-fol., fig., cart. toile de l'édit., n. rog.

160. **Vachon** (Marius). Puvis de Chavannes. *Paris, Lahure*, 1895, in-4, fig., en feuilles, dans un carton.

Exemplaire sur *papier vélin couché* imprimé spécialement pour M. Chéramy, enrichi d'un *croquis original au crayon* de Puvis de Chavannes.

161. **Vigée-Lebrun** (Louise-Elisabeth). Souvenirs. *Paris, Fournier*, 1835-1837, 3 vol. in-8, portraits, cartonnés.

Exemplaire provenant de la bibliothèque de M. *Tripier-Lefranc*, portant dans les marges ainsi que sur des feuillets intercalés dans les volumes, de nombreuses annotations et additions de sa main.

162. **Watteau**. Livre de différents Caractères de Têtes. Inventez par M. Watteau et gravez d'après les desseins de Filloeul. *Paris, Filloeul, s. d.*, pet. in-4, 26 planches, veau (*Rel. anc.*).

163. **Watteau** (Antoine). L'Œuvre d'Antoine Watteau, peintre du roi, gravé d'après ses tableaux et desseins originaux, tirez du cabinet du roy et des plus curieux de l'Europe, par les soins de M. de Jullienne. *Paris, s. d.*, in-fol., pl., en feuilles, dans un cartonnage.

Réimpression à 100 exemplaires.

164. **Watteau** (Antoine), par Virgile Josz, avec une introduction de Léonce Benedite. *Paris, Piazza, s. d.*, in-fol., fig., dans un carton.

165. **Watteau**. Pièces choisies, gravées par W. Marks, tirées de la collection de M. A. Dinaux. 1850, pet. in-fol., 43 pl. grav. à l'eau-forte, demi-rel. bas. verte. — Fac-simile par G.-W. Thornley de 25 dessins en couleurs d'après François Boucher. *Paris, Fabré, s. d.*, in-fol., en feuilles, dans un carton. — Ens. 2 vol.

166. **Watteau** (Antoine), par Paul Mantz. *Paris*, 1892, gr. in-8,

fig., br. — Watteau, Lancret und Pater. 71 blatt lichtdrucke nach kuperstichen und originalen aus der Albertina. *Wien, s. d.*, in-fol., en feuilles, dans un carton. — Ens. 2 volumes.

3. — Ecoles italiennes.

167. **Berenson** (B.). The Drawings of the florentine painters classified, critised, and studied as documents in the history and appreciation of tuscan art, with a copious catalogue reasoned. *London, Murray*, 1903, 2 vol. gr. in-fol., pl. en couleurs, rel. de l'édit., n. rog.

168. **Bossi** (G.). Del Cenacolo di Leonardo da Vinci libri IV. *Milano, Stamperia reale*, 1810, gr. in-fol., pl. en sanguine et en noir, demi-rel. maroq. vert, coins, dos orné, tête dor., n. rog.

169. **Botticelli** (Sandro). Zeichnungen zu Dant'es gœttlicher Komœdie nach den original, herausgegeben von Friedrich Lippmann. *Berlin, Grote*, 1885, gr. in-fol., 95 pl., dans deux cartons.

170. **Botticelli** (Sandro). Zeichnungen zu Danté's gottlicher Komœdie mit ein enleitung, herausgegeben von F. Lippmann. *Berlin*, 1896, in-4, fig., cart. toile de l'édit., n. rog. — S. Botticelli, by Count Plunkett. *London, Bell*, 1900, in-4, fig., cart. toile de l'édit., n. rog. — Die acht hanazeichnungen des S. Botticelli zu Dantes gottlicher Komodie im Vatikan. *Berlin*, 1887, 2 vol. in-4, fig., br. — S. Botticelli, von H. Ulmann. *Munchen, s. d.*, in-4, fig., cart. toile de l'éditeur. — Ens. 5 vol.

171. **Burckhardt** (J.). Le Cicerone, guide de l'art antique et de l'art moderne en Italie, trad. par A. Gérard. *Paris, Didot*, 1894, 3 vol. in-12, br. — Histoire de la Peinture en Italie, par l'abbé Lanzi, trad. de l'italien, par Mme A. Dieudé. *Paris*,

Seguin, 1824, 5 vol. in-8, chag. bleu, fil., dos orné, dent. int., tr. dor. — Carteggio inedito d'artisti dei secolo XIV. XV. XVI. pubblicato dal Dott. G. Gaye. *Firenze*, *Molini*, 1840, 3 vol. in-8, fac-simile, demi-rel. chag. bleu. — Ens. 11 vol.

172. **Cartwright** (Julia). Christ and his Mother in italian art, with an introduction, by Rob. Eyton. *London*, *Bliss*, 1897, in-fol., fig., cart. de l'éditeur, n. rog.

173. **Chamberlaine** (J.). Original Designs of the most celebrated Masters of the bolognese, roman, florentine, and venetian schools, in His Majesty's Collection, engraved by Bartolozzi, P. W. Tomkins, Schiavonetti, etc., with a biographical and historical sketches of L. da Vinci and the Caracci. *London*, *Bulmer*, 1812, gr. in-fol., 66 pl. gravées, demi-rel. maroq. rouge, coins, dos orné, tr. dor. (*Rel. anglaise*).

174. **Classiques de la Peinture** (Les). Renaissance italienne (1420-1540). Collection des œuvres les plus célèbres des maîtres italiens, avec texte explicatif, publié par P. F. Krell. *Paris*, *Vieweg*, *s. d.*, 34 livraisons in-fol., fig., en feuilles, dans un carton.

175. **Clausse** (Gustave). Les Sforza et les Arts en Milanais (1450-1530). *Paris*, *Leroux*, 1909, gr. in-8, fig., br. — J. Guthmann. Die Landschaftsmalerei der Toskanischen und Umbrischen Kunst von Giotto bis Rafael. *Leipzig*, *Hiersemann*, 1902, in-8, fig., br. — The Anonimo, notes on pictures and works of art in Italia in the XVIIIth century, translated by P. Mussi. *London*, *Bell*, 1903, pet. in-8, fig., cart. de l'éditeur. — Ens. 3 vol.

176. **Crowe et Cavalcaselle.** A History of Painting in Italy, edited by Langton Douglas assisted by S. A. Strong. Vol. I. to IV. *London*, *Murray*, 1903-1911, 4 vol. in-8, fig., cart. toile de l'éditeur (*Tout ce qui a paru*). — The Life and Times of Titian. *London*, *Murray*, 1881, 2 vol. in-8, fig., cart. de l'édit., n. rog. — Raphael, his life and works. *London*, *Murray*, 1885, 2 vol. in-8, cart. toile, n. rog. — Ens. 8 vol.

177. **Crowe** et **Cavalcaselle**. Geschichte der italianische Malerei; deutsche original-ausgabe besorgt von Dr. Max Jordan. *Leipzig, Hirzel*, 1869, 6 vol. en 8 tomes in-8, fig., br.

178. **Cavalcaselle** et **Crowe**. Storia della Pittura in Italia del secolo II. al secolo XVI. *Firenze, Le Monnier*, 1875-1908, 11 vol. in-8, fig., br. — Tiziano, la sua vita e i suoi tempi. *Firenze, Le Monnier*, 1878, 2 vol. in-8, br. — Ens. 13 vol.

179. **Desjardins** (Abel). La Vie et l'Œuvre de Jean de Bologne, d'après les manuscrits inédits, publiés par M. Foucques de Vagnonville. *Paris, Quantin*, 1883, in-fol., pl., cart. toile de l'édit.

180. **Fac simile** eseguito in eliotipia. Raccolta di 120 principali disogni originali di Michelangelo, Raffaello, Leonardo da Vinci, Tiziano e d'altri celebri artisti esistenti nella R. Academia di belle arti in Venezia. *Venezia, Ongania*, 1876, 2 vol. in-4, fig., demi-rel. vélin, coins, dos orné, tr. rouge.

181. **Ffoulkes** et **Maiocchi**. Vincenzo Foppa of Brescia, founder of the lombard school, his life and work, with 90 illustrations. *London, Lane*, 1909, in-4, fig., cart. toile de l'édit., n. rog.

182. **Forster** (E.). Denkmale italienischer Malerei vom verfall der antike bis zum XVI. Jahrhundert. *Leipzig, Weigel*, 1870, 4 vol. in-fol., fig., cart.

183. **Gallerie** (Le) nazionali italiane. Notizie e Documenti, per cura del Ministero della pubblica istruzione. *Roma*, 1884-1889, 5 vol. pet. in-fol., fig., br.

184. **Grimani**. Fac-similé des Miniatures contenues dans le Bréviaire Grimani conservé à la bibliothèque de Saint-Marc, exécuté en photographie par Antoine Perini, avec explications de François Zanotto et un texte français par M. Louis de Mas Latrie. *Venise, Ongania*, 1881, 3 vol. gr. in-4, fig., cart. de l'éditeur en vélin blanc, tête dor., n. rog.

185. **Gruyer** (F. A.). Les Œuvres d'art de la Renaissance italienne au Temple Saint-Jean. — Raphaël, peintre de portraits. *Paris*, *Loones*, 1875-1881, 3 vol. in-8, br. — Les Monuments de l'art à San Gimignano. *Paris*, 1870, in-8, br. — Essai sur les Fresques de Raphaël au Vatican. *Paris*, *Gide*, 1858, 2 vol. in-8, br. — Ens. 6 vol.

186. **Hocquet** (Victor). Mémoire relatif à quatre dessins de Michel Ange Buonarroti pour la Conversion de Saint Paul et le Crucifiement de S. Pierre dans la chapelle Sixtine du Vatican. 1 vol. in-fol., fig., cart. toile.

Manuscrit autographe offert par l'auteur à M. Thiers, composé de 35 feuillets de texte et de 15 planches fac-simile de dessins de Michel-Ange.

187. **Houssaye** (Arsène). Histoire de Léonard de Vinci. *Paris*, *Didier*, 1869, in-8, port., demi-rel. chag. rouge, dos orné, plats toile, tête dor., n. rog.

Ex. sur papier de Hollande avec *dédicace autographe à Corot.*

188. **Justi** (Ludwig). Giorgone. *Berlin*, *Bard*, 1908, 2 vol. pet. in-4, fig., cart. de l'éditeur.

189. **Lafenestre** (Georges). La Vie et l'Œuvre de Titien. *Paris*, *Quantin*, *s. d.*, in-fol., fig., cart. toile de l'éditeur.

190. **Lasinio** (Carlo). Pittura a fresce del Campo Santo di Pisa. *Firenze*, *Londi,* 1812, gr. in-fol., 40 pl. doubles, demi-rel. cuir de Russie, coins, n. rog.

Ex. provenant de la bibliothèque de San Donato.

191. **Lübke** (Wilhelm). Rafaels Leben und Werke. *Dresden*, *Gutbier*, 1882, 5 part. in-4, fig., cart. de l'éditeur.

192. **Ludwig et Molmenti**. Vittore Carpaccio. La Vita e le Opere, con 225 illustrazioni nel testo e 62 tavole. *Milano*, *Hœpli,* 1906, gr. in-8, fig., br.

193. **Ludwig et Molmenti**. Vittore Carpaccio, la vie et l'œuvre

du peintre. Ouvrage traduit par H.-L. de Perera, illustré de 26 planches en photographie et de 229 gravures en noir tirées hors texte. *Paris, Hachette*, 1910, in-4, fig., br., couvert.

194. **Molmenti et Ludwig**. Vittore Carpaccio et la Confrérie de Sainte Ursule à Venise. *Florence, Bemporad*, 1903, gr. in-fol., fig., en feuilles, dans un carton. — La Cappella degli Schiavoni in Venezia dipinta da I. Ruskin, traduzione del conte G. Pasolini Zanelli. *Roma, s. d.*, in-fol. oblong, fig., cart. toile. — Ens. 4 vol.

195. **Lutzow** (Carl von). Die Kunstschatze italiens in geographisch-historischer übersicht. *Stuttgart, Engelhorn, s. d.*, in-fol., fig., en livraisons.

196. **Mantegna** (L'Œuvre de A.) reproduit et publié par Amand-Durand. Texte par Georges Duplessis. *Paris, Goupil*, 1878, in-fol., fig., en feuilles, dans un cartonnage.

197. **Mantz** (Paul). Les Chefs-d'Œuvre de la Peinture italienne. Ouvrage contenant vingt planches chromolithographiques, trente planches sur bois, et quarante culs-de-lampe et lettres ornées, par F. Kellerhoven. *Paris, Didot*, 1870, in-fol., fig. en noir et en couleurs, cart. de l'éditeur.

198. **Marillier** (H.-C.). Dante Gabriel Rossetti, an illustrated memorial of his art and life. *London, Bell*, 1899, in-4, fig., cart. de l'édit., n. rog.

199. **Massaccio** (Le Pitture di) esistenti in Roma nella basilica di S. Clemente colle teste lucidate dal sig. Carlo Labruzzi. *Roma*, 1809, gr. in-fol., fig., demi-rel. bas.

Nous avons un titre et 38 planches en noir et en bistre; le texte manque.

200. **Michel-Ange** (L'Œuvre et la Vie de), par MM. Ch. Blanc, E. Guillaume, P. Mantz, Ch. Garnier, etc. *Paris, Gazette des Beaux-Arts*, 1876, gr. in-8, fig., br. (*Ex. en pap. de Hollande*). — C. Ricci. Michel-Ange, trad. de l'italien par M. J. de Cro-

zals. *Florence, Alinari*, 1902, in-8, fig., br. — Michael Angelo Buonarroti, by Ch. Holyrod. *London, Duckworth*, 1905, in-12, fig., cart. toile de l'édit. — The Art of Michel'Angelo Buonarroti, by L. Fagan. *London, Dulau*, 1883, gr. in-8, fig., rel. de l'éditeur. — L'Œuvre littéraire de Michel-Ange avec une Vie du Maître par A. Condivi, traduites par Boyer d'Agen. *Paris, Delagrave, s. d.*, in-8, br. — Ens. 5 vol.

201. **Molinier** (Emile). Venise. Ses arts décoratifs, ses musées et ses collections. *Paris*, 1889, in-4, fig., br. — P. Flat. Les Premiers Vénitiens. Préface de M. Maurice Barrès. *Paris, Laurens*, 1899, in-4, fig., br. — Peintres primitifs; collection de tableaux rapportée d'Italie et publiée par M. le chevalier Artaud de Montor. *Paris, Challamel*, 1843, in-4, planches, demi-rel. veau fauve, n. rog. — Ens. 3 vol.

202. **Muntz** (Eugène). Raphaël. Sa vie, son œuvre et son temps. Ouvrage contenant 155 reproductions de tableaux ou fac-similés de dessins insérés dans le texte et 41 planches tirées à part. *Paris, Hachette*, 1881, in-4, fig., br., couvert.

203. **Muntz** (Eugène). Les Tapisseries de Raphaël au Vatican et dans les principaux musées ou collections de l'Europe, étude historique et critique accompagnée de neuf eaux-fortes ou planches sur cuivre et de 125 illustrations reproduites directement d'après les dessins, cartons ou tentures de haute lisse. *Paris, Rothschild*, 1897, in-fol., pl., cart. de l'éditeur.

204. **Muntz** (Eugène). Les Historiens et les Critiques de Raphaël (1483-1883), essai bibliographique. — Les Archives des Arts, recueil de documents inédits. Première série. — Les Arts à la cour des papes Innocent III, Alexandre VI, Pie VII (1484-1503). — Le Musée de Portraits de Paul Jove. *Paris*, 1883-1900, 4 vol. in-8 et in-4, br.

205. **Muntz** (Eugène). Léonard de Vinci. L'artiste, le penseur, le savant. *Paris, Hachette*, 1899, in-4, fig., rel. de l'éditeur, ornements spéciaux sur le dos et les plats, tr. dor.

3

206. **Orvieto**. Stampe del duomo di Orvieto. *Roma*, 1791, gr. in-fol., 36 pl. grav. par Lionetti, en feuilles, dans un carton.

207. **Passavant** (J.-D.). Raphaël d'Urbin et son père Giovanni Santi. Edit. française refaite et considérablement augmentée par l'auteur, revue et annotée par M. Paul Lacroix. *Paris*, *Ve Renouard*, 1860, 2 vol. in-8, br. — Même ouvrage. *Manuscrit* in-fol. contenant une traduction française *inédite* (?). — Raffaello, di M. Minghetti. *Bologna*, *Zanichelli*, 1885, gr. in-8, br. — Raphaël et la Farnésine, par Ch. Bigot. *Paris*, 1884, gr. in-4, fig., br. — A. Springer. Raffael und Michel-Ange. *Leipzig*, 1883, 2 vol. in-8, cart. toile. — Ens. 7 vol.

208. **Pinturichio**. Gli Affreschi nell' appartamento Borgia del palazzo apostolico Vaticano, reprodotti in fototipia e accompagnati da un commentario di Fr. Ehrle e del comm. E. Stevenson. *Roma*, 1897, gr. in-fol., fig., demi-rel. veau brun, plats en bois, fermoir ciselé, n. rog.

209. **Pinturicchio** (L'Œuvre du). — Introduction à l'Œuvre du Pinturicchio, par Boyer d'Agen. *Paris*, *Ollendorff*, 1901-1903, 1 vol. in-fol., fig., en feuilles, dans un carton, et 1 vol. in-4, br., couvert.

210. **Raphaël**. Psyches et Amoris nuptiæ ac fabula a Raphaele Sanctio urbinate Romæ in Farmesianis hortis transtyberim ad veterum æmulationem at laudem colorum luminibus expressa, a Nicolao Dorigny ad similitudinem delineata et incisa et à J. Bellorio notis illustrata. *Romæ*, *J. de Rubeis*, 1693, gr. in-fol., fig., veau rouge, dentelle (*Rel. anc.*).

Bel exemplaire. On a collé sur la garde *un très beau dessin original au crayon noir du XVIIIe siècle*, de la grandeur du volume, représentant une scène religieuse.

211. **Rafael's** Loggien im Vatican zu Rom. *Dresden*, *Gilbers*, *s. d.*, in-fol., 42 planches, en feuilles, dans un carton. — Rafael's Madonnen und Heiligen Familien in nachbildungen nach kupferstichen und photographien, herausgegeben von A. Gutbier,

mit einer einleitung, von W. Lübke. *Dresden*, 1881, in-4, fig., rel. de l'édit., tr. dor. — Ens. 2 vol.

212. **Reymond** (Marcel). La Sculpture florentine. *Florence, Alinari*, 1897-1899, 2 vol. pet. in-fol., fig., cart., n. rog. — Leone Leoni, sculpteur de Charles-Quint, et Pompeo Leoni, sculpteur de Philippe II, par Eug. Plon. *Paris, Plon*, 1887, in-4, fig., br., couvert. — Ens. 2 vol.

213. **Ricci** (Corrado). Antonio Allegri da Corregio. *Berlin*, 1897, in-4, fig., cart. toile de l'édit., n. rog. — Livre de Souvenirs de Maso di Bartolommeo dit Masaccio, manuscrits publiés par Ch. Yriarte. *Paris, Rothschild*, 1894, pet. in-fol., fig., br. (*Ex. sur pap. du Japon*). — Ens. 2 vol.

214. **Ricci** (Corrado). Pintoricchio (Bernardino di Betto de Pérouse). Sa vie, son œuvre et son temps. Ouvrage illustré de quinze planches en couleur, de six planches en taille-douce et de 95 gravures tirées dans le texte. *Paris, Hachette*, 1903, in-fol., fig., cart. toile de l'édit., tête dor., non rogné.

215. **Richter** (J.-P.). Italian Art in the National Gallery. *London, Sampson Low*, 1883, in-4, fig., cart. toile de l'édit., n. rog. — Old Italian Masters, engraved by Th. Cole, with historical notes, by W. J. Stillmann. *London, Unwin*, 1892, gr. in-8, fig., cart. toile de l'édit., n. rog, — Die Klassische Kunst, von H. Wolfflin. *Munchen*, 1899, in-8, fig., br. — Ens. 3 vol.

216. **Rosini** (Giov.). History of Painting in Italy, illustrated by its monuments. *Pisa*, 1848-1852, 7 vol. in-8, fig., demi-rel. chag. La Vallière, coins, dos orné, tête dor., n. rog. — Carteggio inedito d'artisti del secoli XIV. XV. XVI. pubblicato dal Dott. G. Gaye. *Firenze, Molini*, 1839, 3 vol. in-8, facsimile, cart., n. rog. — Ens. 10 vol.

217. **Schmarsow** (A.). Melozzo da Forli. *Berlin, Spemann*, 1886, in-4, pap. vergé, fig., br.

218. **Scott** (Leader). The Renaissance of Art in Italy. *London*,

Sampson Low, 1883, 2 vol. in-4, fig., cart. toile de l'édit., tr. dor. — J. Burckhardt. Le Cicerone, guide de l'art antique et de l'art moderne en Italie, traduit par A. Gérard. *Paris, Didot, s. d.*, 2 vol. in-12, br. — Ens. 4 vol.

219. **Uzielli** (G.). Ricerche intorno a Leonardo da Vinci. *Firenze*, 1872, 2 vol. pet. in-8, pap. vergé, br. — The Note Books of L. da Vinci, by E. McCurdy. *London, Duckworth*, 1906, in-8, fig., cart. de l'éditeur. — Leonardi da Vinci, von Dr. P. Müller-Walde. *München, Hirth*, 1889-1890, 3 part. in-4, fig., br. — Drawings of L. da Vinci. *London, Newnes, s. d.*, pet. in-fol., fig., cart. de l'éditeur. — Traité de la Peinture, par L. de Vinci, trad. par Gault de Saint-Germain. *Paris*, 1809, in-8, fig., demi-rel., bas., n. rog. — Histoire de L. de Vinci, par A. Houssaye. *Paris, Dentu*, 1860, in-8, port., br. (*Ex. sur pap. de Hollande*). — Ens. 9 volumes.

220. **Vasari** (Giorgio). Vite de' piu' eccellenti pittori, scultori e architetti. *Roma*, 1759, 3 vol. in-4, fig. et portraits, demi-rel. maroq. rouge, coins, tr. peigne.

Cachet d'A. Rigaud sur les titres.

221. **Vasari** (Giorgio). Vies des Peintres, Sculpteurs et Architectes, traduites par Léopold Léclanché et commentées par Jeanron et L. Léclanché ; 121 portraits dessinés par Jeanron et gravés sur acier par Wacquez et Bouquet. *Paris, Tessier*, 1842, 10 vol. in-8, demi-rel. veau fauve, dos orné, tr. marb.

Les portraits sont à part dans un carton

222. **Venturi** (A.). Storia dell' Arte italiana. *Milano, Hœpli*, 1901-1906, 7 tomes en 8 vol. in-8, fig., br.

223. **Venturi** (L.). Le Origini della Pittura veneziana (1300-1500). *Venezia*, 1907, pet. in-4, fig., cart. toile de l'édit. — Il Fiore della Scuola pittorica veneziana, illustrato da F. Zanotto. *Trieste, s. d.*, in-4, fig., br. — Ens. 2 vol.

224 **Vinci** (Leonard de). Recueil de Testes de caractère et de

Charges, gravées par M. le C. de C. (le Comte de Caylus). *Paris*, *Mariette*, *s. d.* (1730), in-4, fig., veau (*Rel. anc.*).

Livre illustré d'un frontispice dessiné par A. Carrache et de 2 planches tirés en bistre, et de 61 estampes en noir.

225. **Vinci** (Leonardo da). Disegni, incisi e pubblicati da C. Giuseppe Gerli. *Milano*, 1784, in-fol., front. et 61 pl. gravés, demi-rel. veau.

226. **Vinci** (L. da). Raccolta de Disegni incisi da Girolami Mantelli sugli originali di mano di Leonardo da Vinci e de suoi scolari lombardi. *Milano*, 1785, gr. in-fol., frontispice et 28 pl. en noir et en sanguine, vélin, ornements sur les plats (*Rel. anc.*).

227. **Vinci** (Leonardo da). Disegni incisi sugli originali da C. G. Gerli, riprodotti con note illustrative da G. Vallardi. *Milano*, 1830, in-fol., 45 pl. gravées, cart.

228. **Vinci** (Leonardo da). Saggio del Opere, con 24 tavole fotolitografiche di scritture e disegni tratti dal Codice atlantico. *Milano*, *Ricordi*, 1872, gr. in-fol., fig. en noir et en sanguine, demi-rel. parchemin, coins, n. rog.

229. **Vinci**. Réunion de 24 volumes et brochures, de différents formats, relatifs à la Vie et à l'Œuvre de l'artiste, par Merejkowski, Gronau, Courajod, Rigollot, Montléon, Vallardi, Séailles, Ludwig, Carotti, Motta, Ravaisson-Mollien, etc.

230. **Vinci**. Réunion de 25 volumes et brochures de différents formats, relatifs à la Vie et à l'Œuvre du Maître, par Ravaisson-Mollien, Muther, Merejkowski, Richter, Delécluze, Courajod, Heaton, Vallardi, Horne, Muller, etc.

231. **Vinci** (Léonard). Réunion de 40 vol. et brochures de différents formats se rapportant à la vie et à l'œuvre de l'artiste, par Péladan, Ravaisson-Mollien, Rigollot, Clément, Duhem, Blanc, Venturi, etc.

232. **Vinci** (Leonardo da), von Dr Paul Müller-Walde. *München*,

Hirth, 1889, 3 part. in-4, fig., br. — L. da Vinci, von W. von Seidlitz. *Berlin*, *Bard*, 1909, 2 vol. in-8, fig., cart. de l'édit. — Das Malerbuch das L. de Vinci, von Dr. M. Jordan. *Leipzig*, 1873, in-8, br. — Ens. 6 vol.

233. **Yriarte** (Ch.). Mantegna. *Paris*, *Rothschild*, 1901, in-4, fig., br. — P. Flat. Les Premiers Vénitiens. Préface de M. Maurice Barrès. *Paris*, *Laurens*, 1899, in-4, fig., br. — La Madone. Représentations de la Vierge dans l'art italien, par A. Venturi. *Paris*, *Gaultier*, *s. d.*, gr. in-8, fig., br. — Ens. 3 vol.

4. — Ecoles allemande, flamande et hollandaise.

234. **Carel van Mander**. Le Livre des Peintres. Vies des Peintres flamands, hollandais et allemands (1604). Traduction, notes et commentaires par H. Hymans. *Paris*, *Rouam*, 1884, 2 vol. in-4, fig., br., couvert. — L'Art et les Artistes flamands, par Henry Havard. *Paris*, *Quantin*, 1880, 5 vol. in-8, fig., br. — Ens. 7 vol.

235. **Crowe et Cavalcaselle**. Les Anciens Peintres flamands, leur vie et leurs œuvres, traduit de l'anglais par O. Delepierre. *Paris*, *Renouard*, 1862, 3 vol. in-8, br. — Old Dutch and Flemish Masters engraved by T. Cole, with critical notes by J. C. van Dyke. *London*. *Unwin*, 1895, gr. in-8, fig., cart. toile de l'éditeur. — De l'Art en Allemagne, par H. Fortoul. *Paris*, *Labitte*, 1842, 2 vol. in-8, br. — Manuel de l'Histoire de la Peinture. Ecoles allemande, flamande et hollandaise, par G.-F. Waagen, trad. par MM. Hymans et J. Petit. *Paris*, *Morel*, 1863, 3 vol. in-12, fig., br. — Ens. 9 vol.

236. **Davies** (Gerald S.). Frans Hals. *London*, *Bell*, 1902, gr. in-8, fig., cart. toile de l'édit., n. rog.

237. **Davies** (Gerald S.). Hans Holbein the younger. *London*, *Bell*, 1903, in-fol., fig., cart. toile de l'édit., n. rog.

238. **Dohme** (Dr Rob.). Kunst und Künstler deutschland und der

niederlande. — Kunst und Kunstler der ersten halfte des neunzchnten jahrunderts. *Leipzig*, *Seemann*, 1877-1886, 8 vol. gr. in-8, fig., cart. toile de l'éditeur, tr. rouge.

239. **Durand-Gréville** (E.). Hubert et Jean Van Eyck. *Bruxelles*, *Van Oest*, 1910, in-4, fig., cart. de l'édit., n. rog. — Durer. L'Œuvre du Maître; ouvrage illustré de 473 gravures. *Paris*, *Hachette*, 1908, pet. in-4, fig., cart. de l'éditeur. — Ens. 2 vol.

240. **Durer** (Albrecht). Zeichnungen in nachbildungen herausgegeben von Dr. Friedrich Lipmann. *Berlin*, *Grote*, 1883-1905, 5 vol. in-fol., fig., rel. de l'éditeur.

Le tome I appartient à l'édition française.

241. **Durer** (L'Œuvre de Albert) reproduit et publié par Amand Durand; texte par Georges Duplessis. *Paris*, *Goupil et Cie*, *s. d.*, in-fol., fig., en feuilles, dans un cartonnage.

242. **Durer Album**, herausgegeben von W. v. Kaulbach und Kreling. *Nürnberg*, *Zeiser*, *s. d.*, gr. in-fol., fig., en livraisons.

243. **Durer**. Vier Holzsthznittfolgen phototypisch nachgebildet in der grotze der originale, mit einführendem text. *Charlottenburg*, *Hélios*, 1887, gr. in-fol., fig., en feuilles.

244. **Durer** (A.). Skizzenbuch, in der Konigl, offentl. bibliothek zu Dresden, herausgegeben von Dr. R. Bruck. *Strassburg*, *Heitz*, 1905, in-4, fig., en feuilles, dans un emboîtage. — Dürer. Des meisters gemalde, Kupperstiche und holzschnitte in-471 abbildungen, mit einer biographische enleitung, von Dr. V. Scherer. *Stuttgart*, 1906, in-8, fig., cart. toile de l'édit. — Ens. 2 vol.

245. **Durer's** (Albrecht) Randzeichnungen aus dem gebetbuche Kaisers Maximilian I, mit eindedrucktem original texte. *München*, *s. d.*, pet. in-fol., fig., cart. de l'édit. — Das Leben der Jungfrau Maria. *Berlin*, *s. d.*, in-8, fig., en feuilles, dans un emboîtage. — A. Dürer à Venise et dans les Pays-Bas, par Ch. Narrey. *Paris*, *Ve Renouard*, 1866, gr. in-8, fig., *pap. de*

Hollande, br. — Un Voyage inédit d'A. Dürer, par Ch. Ephrussi. *Paris, Quantin*, 1881, gr. in-8, fig., br. — Lucas de Leyde et A. Dürer, par M. W. Evrard. *Bruxelles*, 1884, in-8, br. — Deutsche-Schule, von M. Nüsser. *Leipzig, s. d.*, in-8, br. (*Tome II*). — A. Dürer, von A. Springer. *Berlin*, 1892, in-8, fig., br. — A. Durer's aufenthalt in Basel, von Dr. D. Burckhardt. *München*, 1892, pet. in-4, fig., br. — Ens. 8 vol.

246. **Ephrussi** (Charles). Albert Dürer et ses dessins. *Paris, Quantin*, 1882, gr. in-8, fig., br. — Etude sur le tryptique d'A. Dürer, dit le Tableau de Heller, avec 25 gravures tirées hors texte. — Les Bains de Femmes d'A. Dürer, avec 5 gravures hors texte. *Paris, Jouaust*, 1873-1875, 2 vol. in-4, br. — Ens. 3 vol.

247. **Hellé et Glomy**. Catalogue raisonné de toutes les pièces qui forment l'Œuvre de Rembrandt, composé par feu M. Gersaint, et mis au jour, avec les augmentations nécessaires. — Supplément, etc., par P. Yver. *Paris et Amsterdam*, 1751-1756, 2 vol. in-12, port., veau, filets, dos orné, dent. int. — Catalogue raisonné de toutes les Estampes qui forment l'Œuvre de Rembrandt, par M. le chev. de Claussin. — Supplément au Catalogue. *Paris, Didot*, 1824-1828, 2 ouvr. en 1 vol. in-8, demi-rel. veau rouge. — Ens. 3 vol.

248. **Holbein** (Hans). La Passion de Notre Seigneur gravée d'après les dessins originaux. *Basle, Chr. de Méchel*, 1784, pet. in-fol., en feuilles, dans un emboîtage. — Holbeins Damestadter Madona, von H. A. Schmid. *Wien*, 1900, in-fol., fig., br. — Hans Holbein, von Dr. Th. von Liebenau. *Luzern*, 1888, 2 part. in-8, fig., br. — Hans Holbein, par J. Rousseau. *Paris*, 1885, pet. in-4, fig., br. — Ens. 5 vol.

249. **Jordan et Dhome**. Das Werk Adolph Menzels. *München*, 1885, gr. in-fol., fig., en livraisons.

• 250. **Lemonnier** (Camille). Constantin Meunier, sculpteur et peintre. *Paris, Floury*, 1904, gr. in-4, fig., broché.

Un des 50 exemplaires sur *papier du Japon* avec double suite des gravures hors texte.

251. **Lenbachs** (Franz). Peitgenossische Bildnisse. *Munchen*, 1888, gr. in-fol., 20 portraits en héliogravure sur papier de Chine, rel. pleine en chag. brun, ornements à froid, tr. dor.

252. **Mantz** (Paul). Hans Holbein. Dessins et gravures sous la direction de Edouard Lièvre. *Paris*, *Quantin*, 1879, in-fol., fig., cart. toile de l'éditeur.

253. **Michel** (Emile). Rembrandt. Sa vie, son œuvre et son temps. Ouvrage contenant 343 reproductions directes d'après les œuvres du maître. *Paris*, *Hachette*, 1893, in-4, port. et fig., demi-rel. chag. noir, tête rouge, non rogné, couvert. cons.

254. **Michel** (Emile). Les Chefs-d'Œuvre de Rembrandt. Edition du Tri-Centenaire. *Paris, Hachette, s. d.*, pet. in-fol., fig., rel. de l'éditeur.

255. **Michel** (Emile). Rubens. Sa vie, son œuvre, son temps. Ouvrage contenant 354 reproductions directes d'après les Œuvres du Maître. *Paris*, *Hachette*, 1900, in-4, portr. et fig., demi-rel. dos et coins de mar. rouge, dos orné, tête dor., non rogné.

256. **Moes** (E. W.). Frans Hals, sa vie et son œuvre; traduit par J. de Bosschere. *Bruxelles*, *Van Oest*, 1909, in-4, cart. de l'éditeur, n. rog. — Frans Hals. Heliogravures naar zijne schilderijen in Nederland. *Haarlem*, *Kleinmann*, *s. d.*, gr. in-fol., 24 pl., en feuilles, dans un emboîtage. — Ens. 2 vol.

257. **Neumann** (Carl). Rembrandt. *Berlin*, *Spemann*, 1902, in-4, fig., rel. de l'éditeur, tête dor., non rogné.

258. **Rembrandt** (L'Œuvre de) reproduit par la photographie, décrit et commenté par M. Charles Blanc. *Paris*, *Gide*, 1853, in-fol., monté sur onglets, demi-rel. maroq. rouge, coins, n. rog.

259. **Rembrandt** (L'Œuvre complet de) décrit et commenté par M. Charles Blanc. Catalogue raisonné de toutes les eaux-fortes

du maître et de ses peintures, orné de bois gravés et de quarante eaux-fortes tirées à part et rapportées dans le texte. *Paris, Gide*, 1859-1864, 3 vol. in-8, portr. et fig., br., couvert.

260. **Rembrandt**. L'Œuvre de Rembrandt, décrit et commenté par M. Charles Blanc. Catalogue raisonné de toutes les estampes du maître et de ses peintures, orné de bois gravés, de quarante eaux-fortes de Flameng et de trente-cinq héliogravures d'Amand Durand. *Paris, Lévy*, 1873-1885, 3 vol. in-fol., fig., brochés.

261. **Rembrandt**. L'Œuvre complet de Rembrandt, décrit et catalogué par M. Eugène Dutuit, et reproduit à l'aide des procédés de l'héliogravure par M. Charreyre. Catalogue raisonné de toutes les estampes du maître au nombre de 360 environ. *Paris, Lévy*, 1881, 2 vol. in-fol., fig., en livraisons.

262. **Rembrandt** (L'Œuvre de), reproduit et publié par Amand Durand. *Paris, Goupil, s. d.*, 3 vol. in-fol., fig., en feuilles, dans un cartonnage.

263. **Rembrandt**. L'Œuvre complet. Reproduction par l'héliogravure de tous les tableaux du maître, accompagnée de leur histoire, de leur description et d'une étude biographique et critique, par W. Bode, avec le concours de C. Hofstede de Groot. Traduction par Auguste Marguillier. *Paris, Sedelmeyer*, 1897-1906, 8 vol. in-fol., fig., brochés.

264. **Rembrandt** (Les) de l'Ermitage impérial de Saint-Pétersbourg. 40 planches gravées à l'eau-forte par N. Massaloff. *Leipzig, Drugulin*, 1872, gr. in-fol., en feuilles, dans un emboîtage.

265. **Rembrandt-Galerie** herausgegeben von A. von Wurzbach. *Stuttgart, Neff*, 1884, in-fol., fig., en livraisons.

266. **Rembrandt**. Original Drawings, reproduced in fac-simile. *Berlin et La Haye*, 1899-1910, 500 planches montées sur fort carton, renfermées dans 9 cartons.

Manquent les planches 1 à 50 de la quatrième série.

267. **Rembrandt.** Exposition des Œuvres de Rembrandt à Amsterdam et à Londres en 1898. *Berlin*, 1901, gr. in-fol., 26 planches, dans un carton (*Le texte manque*).

268. **Rembrandt.** Zeichnungen in Budapester Museum der bildenden Künste. *Leipzig*, *Hiersemann*, 1909, gr. in-fol., 26 pl. en fac-simile montées sur carton, en feuilles, dans un emboîtage.

269. **Rembrandt** Van Rijn and his work, by Malcolm Bell. *London*, *Bell*, 1899, in-4, fig., cart. toile de l'éditeur. — Rembrandt, sa vie et ses œuvres, par C. Vosmaer. *Paris*, *Loones*, 1877, gr. in-8, fig., br. — Rembrandts radierungen, von R. Hamann. *Berlin*, 1906, in-4, fig., br. — Ens. 3 vol.

270. **Rembrandt.** Réunion de 11 volumes et brochures de différents formats relatifs à la Vie et à l'Œuvre du Maître, par Baldwin Brown, Muther, Nicolle, Stehl, Graul, Scheltema, Moureau, von Seidlitz, etc.

271. **Rooses** (Max). Antoine Van Dyck. Reproduction en héliogravure de cinquante chefs-d'œuvre accompagnée d'un texte explicatif et historique et d'une notice biographique de l'artiste. *Paris*, *Hachette*, 1902, in-fol., fig., cart. toile de l'éditeur.

272. **Rooses** (Max). Rubens, sa vie et ses œuvres. Traduit du néerlandais par Louis Van Keymeulen, avec 280 gravures dans le texte et 65 photogravures et autotypies hors texte. *Paris*, *Flammarion*, *s. d.*, gr. in-4, fig., cart. de l'éditeur.

273. **Rubens.** Galerie de Rubens, dite du Luxembourg ; ouvrage composé de vingt-cinq estampes, avec l'explication historique et allégorique de chaque sujet. *Paris*, *Le Roi*, 1846, in-fol., pl., demi-rel., non rogné.

274. **Thausing** (Moritz). Albert Dürer, sa vie et ses œuvres, traduit de l'allemand par Gustave Gruyer. *Paris*, *Firmin-Didot*, 1878, gr. in-8, fig., demi-rel., dos et coins de mar. rouge, dos orné, tête dor., non rogné (*Smeers*).

275. **Unger** (William). Eaux-fortes d'après Frans Hals, avec une étude sur le maître et ses œuvres, par C. Vosmaer. *Leide, Sijthoff*, 1874, in-fol., fig., en feuilles.

5. — Ecoles anglaise et espagnole.

276. **Armstrong** (Sir Walter). Gainsborough et sa place dans l'école anglaise. Traduction de B.-H. Gausseron. *Paris, Hachette*, 1899, in-fol., fig., cart. toile de l'éditeur.

277. **Armstrong** (Sir Walter). Sir Joshua Reynolds. Traduit par B.-H. Gausseron. *Paris, Hachette*, 1901, in-fol., fig., cart. toile de l'éditeur.

278. **Amstrong** (Sir Walter). Turner. *London, Agnew*, 1902, pet. in-fol., fig., cart. toile de l'édit., n. rog.

279. **Amstrong** (Sir Walter). Sir Henry Raeburn, avec une introduction par R. A. M. Stevenson et un Catalogue biographique et descriptif, par J.-L. Caw. *Paris, Hachette*, 1902, in-fol., fig., cart. de l'éditeur.

280. **Bate** (Percy H.). The english pre-raphaelite Painters, their associate and successors. *London, Bell*, 1899, gr. in-8, fig., cart. toile de l'édit., n. rog.

281. **Bell** (Malcolm). Edward Burne-Jones. *London, Bell*, 1893, gr. in-4, fig., cart. de l'éditeur.

282. **Beruette** (A. de). Velazquez. Préface de M. Léon Bonnat. *Paris, Laurens*, 1898, in-4, portr. et fig., br., couvert.

283. **Cole** (Timothy). Old English Masters, engraved by Th. Cole, with historical notes by J. C. van Dyke. *London, Macmillan*, 1902, in-4, fig., cart. de l'éditeur, n. rog.

284. **Constable** (J.). Various Subjects of Landscape, characteristic of english scenery; engraved by D. Lucas. *London,*

1833, in-fol. oblong, 22 pl gravées, demi-rel. maroq. vert, tr. marb. — Constable's Sketches in oil water colours. *London, Newnes, s. d.*, 2 vol. pet. in-4, fig., cart. toile de l'éditeur. — Ens. 3 vol.

285. **Constable**. English landscape Scenery : a series of 40 mezzotinto engravings on steel, by D. Lucas, from pictures painted by J. Constable. *London, Bohn*, 1855, in-fol., fig., demi-rel. maroq. rouge, coins, dos orné, tr. dor.

286. **Constable** (John). Drawings. *London, s. d.*, gr. in-fol., fig., dans un emboîtage.

Collection de 42 planches en phototypie sur papier de Chine montées sur fort carton Bristol.

287. **Dayot** (Armand). La Peinture anglaise, de ses origines à nos jours. *Paris, Laveur*, 1908, in-4, fig., br. — The Wallace Collection at Hertford House, by A.-L. Baldry. *Paris, Goupil*, 1904, in-4, fig., cart. toile de l'éditeur. — John Constable, d'après les Souvenirs recueillis par C.-R. Leslie, traduits par L. Bazalgette. *Paris, Floury*, 1905, in-12, *papier du Japon*, br. — Ens. 3 vol.

288. **Duret** (Théodore). Histoire de J. Mc N. Whistler et de son Œuvre. *Paris, Floury*, 1904, in-4, fig., br., couvert.

Un des 50 ex. sur *papier du Japon*, avec la double suite des gravures hors texte.

289. **Frenzi** (Giulio de). Ignacio Zuloaga. *Roma*, 1910, in-4, fig., br., dans un carton. — Goya, by A. F. Calvert, with 612 reproductions. *London, Lane*, 1908, pet. in-8, cart. toile de l'éditeur. — Goya, par L. Matheron. *Paris, Schulz*, 1858, in-18, br. — Ens. 3 vol.

290. **Gainsborough**. A Collection of Prints illustrative of english scenery, from the drawings and sketches of Thos. Gainsborough. *London, Wells*, 1819, in-fol., fig. en noir et en couleurs, demi-rel. cuir de Russie.

291. **Galerie** des Artistes anglais, depuis Hogarth jusqu'à nos jours, suite de 268 gravures au trait accompagnées de notes en anglais et en français, par C. Hamilton. *Paris, Baudry*, 1837, 4 vol. pet. in-8, fig., demi-rel. veau, n. rog. — British contemporary artists, by C. Monkhouse. *London, Heinemann*, 1899, in-4, fig., cart. toile de l'édit. — Galerie des Artistes anglais de l'école moderne, avec des notices explicatives. *Paris, Desenne*, 1837, in-4, fig. sur acier, chag. rouge, ornements sur les plats, tr. dor. — Vieux Maîtres anglais, par F. Stahl. *Paris, s. d.*, in-fol., fig., cart. — Ens. 7 vol.

292. **Gower** (Lord R. Sutherland). Sir Thomas Lawrence, with a Catalogue of the artist's exhibited and engraved works, by A. Graves. *Paris, Boussod*, 1900, in-4, fig. en noir et en couleur, br.

293. **Gower** (Lord Ronald Sutherland). George Romney. *London, Duckworth*, 1904, in-4, fig., cart. de l'édit., n. rog.

294. **Greco** (Le), par Maurice Barrès et Paul Lafond. *Paris, Floury, s. d.* (1911), pet. in-4, fig., br. — El Greco, par M. B. Cossio. *Madrid, Suarez*, 1908, 2 vol. pet. in-8, fig., cart. toile de l'édit. — Ens. 3 vol.

295. **Holmes** (C.-J.). Constable and his influence on landscape painting, with 77 photogravures plates. *Westminster, Constable*, 1902, pet. in-fol., fig., cart. toile de l'édit., n. rog.

296. **Leslie** (C. R.). Mémoires sur la Vie de John Constable. 1 vol. in-4 de 700 pages, vélin.

Manuscrit autographe contenant une traduction française inédite de ces Mémoires, écrite de 1853 à 1856, par *Théodore Sensier*, d'après l'édit. anglaise de 1845. — Nous y joignons : Memoirs of the life of Constable, by C. K. Leslie. *London*, 1845, pet. in-4, port., cart. de l'éditeur.

297. **Menpes** (Mortimer). Gainsborough; text by J. Greig. *London, Black*, 1909, gr. in-4, fig. en couleurs, cart. de l'éditeur. — Th. Gainsborough, a record of his life and works, by Mrs.

Arthur Bell. *London*, *Bell*, 1897, in-4, fig., cart. de l'édit., n. rog. — Ens. 2 vol.

298. **Romney** : a biographical and critical Essay with a Catalogue reasoned of his works, by H. Ward and W. Roberts. *London*, *Agnew*, 1904, 2 vol. in-4, fig., cart. toile de l'édit., n. rog.

299. **Ruskin** (John). Modern Painters. *London*, *Smith*, 1851, 2 vol. gr. in-8, cart. toile, n. rog. — Les Matins à Florence, simples études d'art chrétien, trad. de l'anglais par E. Nypels. *Paris*, *Laurens*, 1906, gr. in-8, fig., demi-rel. chag. rouge, dos plat orné, n. rog. — Ens. 3 vol.

300. **Ruskin** (John). The Art of England. *Orpington*, *Allen*, 1893, pet. in-4, cart. toile de l'édit. — The Ruskin Birthday Book. *Orpington*, *Allen*, 1883, pet. in-4, rel. de l'édit. en veau bleu. — Les Matins à Florence, tr. par E. Nypels. *Paris*, *Laurens*, 1906, in-8, fig., br. — Le Val d'Arno, trad. par E. Cammaerts. *Paris*, *Laurens*, 1911, in-8, fig., br., couvert. — Ens. 4 vol.

301. **Solvay** (Lucien). L'Art espagnol, précédé d'une Introduction sur l'Espagne et les Espagnols. *Paris*, *Rouam*, 1887, gr. in-4, fig., br. — Spanische Künstler-Mappe, zu gunsten der nothleidenden in Spanien, herausgegeben von Prinzessin Ludwig Ferdinand von Bayern Maria de la Paz, infantin von Spanien. *München*, 1885, in-fol., fig., cart. — Des Arts et des Artistes en Espagne jusqu'à la fin du XVIIIe siècle, par E. Laforge. *Lyon*, *Perrin*, 1859, in-8, demi-rel. chag. rouge. — Ens. 3 vol.

302. **Stevenson** (R. A. M.). The Art of Velasquez. *London*, *Bell*, 1895, in-4, fig., cart. de l'édit., n. rog.

303. **Turner** (J. M. W.). The Liber Studiorum, reproduced in fac-simile ; each plate accompanied with a critical notice by the Rev. Stopford Brooke. *London*, *Sotheran*, 1899, 2 vol. in-fol. oblong, fig., cart. toile de l'édit., n. rog.

304. **Turner.** The Water-Colour Drawings of J. M. W. Turner in the National Gallery, with descriptive text by Th. A. Cook. *London, Cassell*, 1904, in-4, fig. en couleurs, cart. toile de l'édit., n. rog.

305. **Velazquez**, by A. de Beruete. *London, Methuen, s. d.*, pet. in-4, fig., cart. toile de l'édit. — R. A. M. Stevenson. Velazquez. *München*, 1904, in-8, fig , br. — Velazquez et ses œuvres, par W. Stirling, trad. de l'anglais par G. Brunet. *Paris, Renouard*, 1865, in-8, demi-toile, n. rog. — Ens. 3 vol.

306. **Williamson** (George C.). George Morland; his life and works. *London, Bell*, 1904, in-4, fig. en noir et en couleurs, cart. de l'édit., n. rog.

6. — Musées et Collections privées.

307. **Basan.** Recueil d'Estampes gravées d'après les tableaux du cabinet de Monseigneur le Duc de Choiseul. *A Paris, chez l'auteur*, 1771, in-4, fig., cart., n. rog. (*Réimpression*).

308. **Basan** (F.). Catalogue raisonné des différens objets de curiosités dans les sciences et arts qui composent le cabinet de feu M. Mariette. *Paris, chez l'auteur*, 1775, in-8, fig., veau (*Rel. anc.*).

Catalogue recherché illustré d'un titre par Moreau le jeune, d'un frontispice par Cochin, et de 4 fig. grav. à l'eau-forte d'après Guerchin. — Prix d'adjudication à l'encre.

309. **Basan.** Collection de cent-vingt estampes, gravées d'après les tableaux et dessins qui composoient le cabinet de M. Poullain, receveur général des domaines du roi, décédé en 1780, précédée d'un Abrégé historique de la Vie des auteurs qui la composent. *Paris, Basan*, 1781, in-4, fig., veau écaille, filets, dos orné, dent. int., tr. dor. (*Rel. anc.*).

Bel exemplaire. — Premier tirage.

310. **Bredius** (A.). Die Meisterwerke des Kijksmuseum zu Ams-

terdam; photogravure practwerk mit erlaüterndem text. *München, s. d*, gr. in-fol., fig., en 15 livraisons.

311. **Bruyas** (Alfred). Musée de Montpellier. — La Galerie Bruyas, avec le concours des écrivains et artistes contemporains. *Paris, Quantin*, 1876, in-8, fig. et autographes, demi-rel. veau vert, tête dor., n. rog. — Album de la Galerie Bruyas; 30 sujets choisis, lithographiés par J. Laurens. *Paris*, 1875, gr. in-fol., fig., demi-rel. chag. vieux rouge, coins, tête dor., n. rog. — Ens. 2 vol.

312. **Catalogues** de Ventes de tableaux et objets d'art de 1880 à nos jours. Un lot d'environ 200 volumes, tous ornés de planches gravées à l'eau-forte, en phototypie ou en héliogravure, reliés ou brochés.

313. **Cent Chefs-d'Œuvre** des Collections françaises et étrangères. Préface par Georges Lafenestre. Poèmes et Proses par L. Roger-Milès. *Paris, Petit*, 1892, in-fol., fig., en feuilles, dans un carton.

Ex. sur *papier vélin du Marais* avec les figures *avant la lettre sur papier de Chine*.

314. **Cent Chefs-d'Œuvre** des Collections françaises et étrangères. Préface par Georges Lafenestre. Poèmes et Proses par L. Roger-Milès. *Paris, Georges Petit, s. d.*, in-fol., fig., en feuilles, dans le cartonnage de l'éditeur.

Exemplaire sur *papier du Japon* contenant la suite des figures *avant la lettre*.

315. **Cent Pastels** par Boucher, Rosalba Carriera, Chardin, Cotes, Coypel, Ducreux, Duplessis, Frey, Greuze, Guérin, Hall, Hoin, Labille-Guiard, La Tour, Lenoir, Liotard, Nattier, Perronneau, Roslin, Russell, Louis Vigée. Préface par Albert Besnard. Texte et Documents par L. Roger-Milès. *Paris, Georges Petit*, 1908, in-fol., pl., en feuilles, dans un cartonnage.

316. **Cheramy** (La Collection). Catalogue raisonné précédé d'études sur les maîtres principaux de la collection, par

J. Meier-Graefe et E. Klossowski, illustré de 127 héliotypies et de 2 héliogravures hors texte. *Munich, Piper*, 1908, gr. in-8, br.

Exemplaire sur *papier du Japon*.

317. **Chéramy** (La Collection). Catalogue raisonné précédé d'études sur les maîtres principaux de la collection, par J. Meier-Graefe et E. Klossowski. *Munich, Piper*, 1908, in-4, fig., br., couvert.

318 **Cheramy**. Catalogue des Tableaux anciens et modernes. Aquarelles, Pastels, Dessins, composant la collection P. A. Chéramy. *Paris*, 1910, gr. in-8, pl., br.

35 exemplaires.

319. **Choix** de Gravures à l'eau-forte d'après les peintures originales et les marbres de la Galerie de Lucien Bonaparte, 142 gravures. *Londres, Miller*, 1812, pet. in-fol., fig., demi-rel. chag. vert. — A Catalogue of the pictures at Leigh Court, near Bristol, with etchings from the whole collection, by J. Young. *London*, 1822, in-fol., fig., demi-rel. maroq. noir. — Ens. 2 vol.

320. **Collection** Auguste Dutuit. — Antiquités, Médailles et Monnaies, Objets divers exposés au palais du Trocadéro en 1878. *Paris, Lévy*, 1879, in-4, pap. vergé, pl., cart. toile, n. rog.

321. **Collection** de Tableaux modernes. *Paris, Lemercier*, 1849-1853, gr. in-fol., fig., en feuilles, dans un carton.

Recueil de 108 estampes lithographiées à deux teintes, d'après les tableaux de la collection Ad. Moreau.

322. **Collection** Jacques Doucet. *Paris*, 1912, 3 vol. in-4, fac-simile, br., couvert.

323. **Dulwich Gallery** (The) : 50 engravings from the most celebrated pictures in the collection executed in aquatint by R. Cockburn. *London*, 1830, gr. in-fol., fig., en feuilles, dans un carton.

324. **Famin** (C.). Peintures, bronzes et statues érotiques, formant la collection du Cabinet secret du Musée royal de Naples, avec leur explication. *Paris, Everat,* 1832, in-4, fig., basane verte, petite dent. autour des plats, dos orné.

325. **Galerie** de l'Hermitage, gravée au trait d'après les plus beaux tableaux qui la composent, avec la description historique, par Camille de Genève. *S. Pétersbourg*, 1805, 2 tomes en 1 vol. in-4, fig., demi-rel. — Die Galerie zu Cassel, von Prof. Müller und Dr. Bode. *Leipzig*, 1872, pet. in-fol., fig., br. — Bilderlern aus Kleineren gemaldesammlungen in Deutschland und Osterreich, mit text von Dr. W. Bode. *Wien, s. d.*, in-fol., fig., en livraisons. — Ens. 3 vol.

326. **Galerie** des Peintres ou Collection de Portraits des Peintres les plus célèbres de toutes les écoles, accompagnés d'une notice sur chacun d'eux et de copies de dessins originaux, par M. Chabert. *Paris. s. d.*, 2 vol. gr. in-fol., 199 pl., cart., n. rog.

327. **Galerie** des Tableaux de l'Ermitage impérial de Saint-Pétersbourg. *Berlin, Société photographique, s. d.*, gr. in-fol., fig., en 7 livraisons. — Les Chefs-d'Œuvre du Musée du Prado à Madrid. *Berlin, Société photographique, s. d.*, gr. in-fol., fig., en 10 livraisons. — Les Chefs-d'œuvre de la Galerie Nationale de Londres. *Berlin, Société photographique, s. d.*, gr. in-fol., fig., en 10 livraisons (*La 1re livraison manque*).

328. **Galerie** du Musée Napoléon, publiée par Filhol, graveur, et rédigée par Joseph Lavallée. *Paris, Filhol,* 1810, 10 vol. gr. in-8, fig., demi-rel. chag. brun, coins, tête dor., n. rog. — Supplément. *Paris*, 1809, 2 part. en 1 vol. gr. in-8, demi-rel. bas. rouge, n. rog.

Exemplaire en *papier vélin* avec les figures *avec la lettre grise.*

329. **Galerie Durand-Ruel.** Spécimens les plus brillants de l'école moderne. *Paris, s. d.*, 2 vol. in-fol., 120 planches gravées ou lithographiées, demi-rel. bas. — Les Artistes

anciens et modernes, par H. Baron, Français, Leroux, Mouilleron, C. Nanteuil, Gavarni, Bodmer, Jacques. Tomes VII et VIII. *Paris, Bertaux, s. d.*, in-fol., 50 pl. lithographiées, demi-rel. chag. La Vallière. — Ens. 3 vol.

330. **Galerie Durand-Ruel**; recueil d'estampes gravées à l'eau-forte, tirage exécuté par A. Salmon. *Paris*, 1873, gr. in-8, fig., en livraisons.

300 planches gravées par Le Rat, Rajon, Courtry, Boilvin, Gaucherel, Delaunay, Lefort, Laguillermie, Martinez, etc.

331. **Galerie électorale** (La) de Dusseldorff ou Catalogue raisonné et figuré de ses tableaux... par une suite de 30 planches, contenant 365 petites estampes, rédigées et gravées par Chrétien de Mechel; ouvrage composé dans un goût nouveau, par Nicolas de Pigage. *Basle*, 1778, 2 vol. in-fol. oblong, fig., demi-rel., n. rog.

332. **Galerie impériale** et royale du Belvédère à Vienne, gravée par les meilleurs artistes, avec un texte explicatif de chaque sujet, par Haas. *Francfort, Baer, s. d.*, 4 tomes en 2 vol. in-4, fig., demi-rel. chag. rouge, tête dor., n. rog. — Die Dresdener Galerie, with texte von A. Gorling. *Leipzig, s. d.*, 2 tomes en 1 vol. in-4, fig., cart. toile, tr. dor. — Les Galeries et les Monuments d'art de Berlin. *Leipzig, s. d.*, in-4, fig., demi-rel. chag. vieux rouge, coins, tr. peigne. — Ens. 4 vol.

333. **Galerie Leuchtenberg**, mit umgearbeitetem texte von J. D. Passavant. *Frankfurt, Baer*, 1851, in-4, fig., demi-rel. chag. rouge, dos orné, tête dor., n. rog. — Lithographies d'après les tableaux de la collection du prince A. d'Arenberg. *Bruxelles, Tencé*, 1829, in-4, fig., cart., n. rog. — The National Gallery. *London, Jones, s. d.*, 2 vol. in-4, fig., demi-rel. chag. rouge, n. rog. — Museum Van der Hoop. *Amsterdam, s. d.*, pet. in-fol., fig., br. — Ens. 5 vol.

334. **Geffroy** (Gustave). Les Musées d'Europe. La Hollande. — Le Louvre. — Le National Galery à Londres. — Versailles. —

Berlin. — Florence. — Madrid. *Paris, Nilsson, s. d.*, 7 vol. pet. in-4, fig., rel. de l'éditeur.

335. **Gemalde** saal zu Munchen und Schleissheim ; eine sammlung ausgezeichneter gemalde der Pinacothek in Munchen, lithographirt von Strinner, Piloty, Hohe, Selb und Flachenakker. *Munchen*, 1817-1836, 2 vol. gr. in-fol., 204 pl. lithographiées sur pap. de Chine, demi-rel. chag. rouge, avec coins.

336. **Gonse** (Louis). Les Chefs-d'Œuvre des Musées de France. — La Peinture. *Paris, Société française d'éditions d'art*, 1900, gr. in-4, fig., cart. toile de l'éditeur.

337. **Gower** (Lord Ronald). Die Schatze der Grossen gemaldegallerien englands. *Leipzig, Schulze*, in-fol., fig., en 36 livraisons.

Manquent les livraisons 22, 23 et 24.

338. **Great Pictures** in private Galleries, with notes on the pictures. *London, Cassell, s. d.*, 2 vol. in-fol., 96 pl. en couleurs, cart. toile de l'édit., n. rog.

339. **Gruyer** (F.-A.). Voyage autour du Salon carré au Musée du Louvre. Ouvrage illustré de quarante héliogravures exécutées d'après les tableaux originaux. *Paris, Didot*, 1891, in-4, fig., demi-rel. dos et coins de mar. brun, tête dor., non rogné.

340. **Gruyer** (F.-A.). La Peinture au château de Chantilly. — Ecoles françaises et étrangères. *Paris, Plon-Nourrit et Cie*, 1896-1898, 2 vol. in-4, fig., brochés.

341. **Haack** (Fried.). Die Konigliche altere Pinakothek zu München, eine auswehl von 75 meisterwerken in pigment drucken. *München, Bruckmann, s. d.*, in-fol., fig., cart. toile de l'édit.

342. **Kupferstiche** der Dresdener Konigl. Kunstsammlungen in photogravüren, komplett in 160 tafeln. *Glauchau*, 1883, gr. in-fol., fig., en livraisons.

343. **Lièvre** (Edouard). Les Collections célèbres d'œuvres d'art, dessinées et gravées d'après les originaux. *Paris, Goupil*, 1866, in-fol., pl., demi-rel., dos et coins de mar. rouge, dos orné, tête dor., non rogné. — Le Musée universel. *Paris, Goupil*, 1868-1869, 2 vol. pet. in-fol., fig. gravées à l'eau-forte, en feuilles, dans des cartons. — Ens. 3 vol.

344. **Meyer und Bode.** Die Gemalde-Galerie der Koniglichen-Museen. *Berlin, Grote*, 1888-1900, gr. in-fol., fig., en 26 livraisons.

345. **Michel** (Emile). Les Musées d'Allemagne : Cologne, Munich, Cassel. *Paris, Rouam*, 1886, in-4, fig., br. — Die Galerie zu Braunchsweig. *Leipzig, Seemann*. 1870, in-4, fig., cart. de l'édit., tr. dor. — Die Galerie zu Cassel. *Leipzig, Seemann*, 1872, in-4, fig., cart. de l'édit., tr. dor. — Die gemalde galerie des Kaiser Friedrich-Museums. *Berlin*, 1911, in-4, fig., br. — Die Nationalgalerie zu Berlin. *Berlin*, 1912, in-4, fig., br. — Ens. 5 vol.

346. **Musée royal** de La Haye, lithographié. *Amsterdam, Desguerrois*, 1833, gr. in-fol., 60 pl. lithographiées sur pap. de Chine, demi-rel. veau marb., coins, tr. marb.

347. **Musées** (Les) de Saint-Pétersbourg. Galerie de l'Ermitage; Académie des Beaux-Arts. Trente-six planches en couleurs accompagnées de notices inédites. Préface de M. Louis Réau. *Paris, Laurens*, 1912, gr. in-4, fig., cart. toile de l'éditeur.

348. **National Gallery**, by Sir E. J. Poynter. — The National Portrait Gallery, by L. Cust. *London, Cassell*, 1899-1901, 5 vol. gr. in-8, fig., br. — Italian Art in the National Gallery, by J. P. Richter. *London, Samson Low*, 1883, in-4, fig., cart. toile de l'édit. — Etchings from the National Gallery, after Masaccio, Bellini, Giorgione, etc., with notes by C. W. Wornam. *London, Seeley*, 1876, 2 vol. in-fol., fig., cart. toile de l'édit. — Ens. 8 vol.

349. **Paton** (James). The fine art Collection of Glasgow. *Glasgow, Maclehose*, 1906, gr. in-8, fig., cart. toile de l'édit., n. rog.

350. **Pictures** in the National Gallery, London, with descriptive text written (unofficially) by Ch. L. Eastlake. *Munich*, 1896, in-fol., fig., en 12 fascicules, br., couvert.

351. **Pinacoteca** della Imp. Reg. Accademia Veneta delle belle arte illustrata da Fr. Zanotto. *Venezia, Antinelli*, 1834, 2 vol. gr. in-fol., fig., demi-rel.

352. **Pinacothèque** (La) de Munich. *Paris, Ziegler, s. d.*, gr. in-fol., 24 pl. photographiées, demi-rel. chag. noir. — Reproduction par la photographie de 24 tableaux de Murillo. *Madrid, Laurent*, gr. in-fol., demi-rel. chag. noir, tr. dor. — Ens. 2 vol.

353. **Reale Galleria** (La) di Torino, illustrata da Roberto d'Azeglia. *Torino*, 1867, 2 vol. gr. in-fol., fig., en livraisons.

354. **Reber** (Franz von). Album der alten Pinakothek zu München. *Leipzig, Seemann*, 1908, gr. in-4, fig., cart. de l'édit. — Les Musées d'Allemagne, par E. Michel. *Paris, Rouam*, 1886, gr. in-4, fig., cart. toile de l'édit. — Die meisterwerke des Kaiser Friedrich-Museum zu Bertin, von O. Fischel. *München, s. d.*, pet. in-4, fig., cart. toile de l'édit. — Die Frau der bildenden Kunst, von A. Hirsch. *Stuttgart*, 1905, in-8, fig., br. — Ens. 4 vol.

355. **Réveil**. Musée de Peinture et de Sculpture ou Recueil des principaux tableaux, statues et bas-reliefs, des collections publiques et particulières de l'Europe, dessiné et gravé à l'eau-forte, avec des notices descriptives et historiques, par Louis et René Ménard. *Paris, Morel*, 1874-1875, 10 vol. pet. in-8, fig., demi-rel. mar. rouge, dos orné, tête dor., n. rog.

356. **Ricci** (Corrado). La Pinacoteca di Brera, con 29 intagliotipie e 234 zincotipie. *Bergamo*, 1907, pet. in-4, fig., cart. de l'édit.

357. **Riegel** (H.). Die vorzüglichsten gemalde des herzoglichen Museum zu Braunschweig. 100 blatt in photographischem kupferdruck. *Berlin*, 1885, gr. in-fol., en feuilles, dans un emboîtage.

358. **Royal Gallery** (The) of British Arts. *London*, *Hogarth*, *s. d.*, gr. in-fol., 48 pl. et fac-simile de signatures, demi-rel. maroq. rouge, coins, dos orné, tr. dor.

359. **Schmidt** (Dr W.). Handzeichnungen Alter Meister im Koniglichen kupferstich-Kabinet zu München. *München*, 1884, et suiv., 8 fascicules gr. in-fol., planches, en cartons.

360. **Schonbrunner** (Jos.). Handzeichnungen Alter Meister aus der Albertina und anderen sammlungen. Tomes I à VII. *Wien*, *Gerlach*, *s. d.*, in-fol., fig., en livraisons.

Manquent : tome IV (complet); tome V, 1re livraison.

361. **Tschudi et Pulsky**. Landes-gemalde-galerie in Budapest vormals Esterhazy-Galerie. *Wien*, 1883, 2 part. in-fol., fig., br. — The National Gallery of pictures by the great masters. *London*, *s. d.*, 2 vol. in-4, fig., demi-rel. chag. grenat, coins, dos orné, tr. marb. — Pinacoteca veneta ossia raccolta del migliori dipinti delle chiese di Venezia, illustrati da F. Zanotto. *Venezia*, 1858, 2 vol. gr. in-8, fig., demi-rel. parchemin, coins, n. rog. — Ens. 5 vol.

362. **Venturi** (A.). La Galleria Crespi in Milano, con 196 incisioni fototipografiche e 38 fotocalcografiche. *Milano*, *Hœpli*, 1901, in-4, fig., br.

363. **Vivant-Denon**. Ritratti dei piu celebri pittori dipinti da loro stessi, esistenti nella Galleria di Firenze. *Paris*, *Aubourg*, *s. d.* (*XVIIIe siècle*), pet. in-8, titre et 45 portr. gr. à l'eau-forte, veau marb., petite dentelle (*Rel. anc.*).

364. **Wicar**. Tableaux, Statues, Bas-reliefs et Camées de la Galerie de Florence et du palais Pitti, dessinés par Wicar, et gravés sous la direction de C. L. Masquelier, avec les explications,

par Mongez. *Paris*, *Aillaud*, 1819, 4 vol. gr. in-fol., fig., cart., n. rog.

365. **Wolff** (Albert). Cent Chefs-d'Œuvre. *Paris*, *Petit*, *s. d.*, in-fol., fig., en feuilles, dans un emboîtage en soie.

Ex. sur *papier de Chine* avec les figures *avant la lettre*.

III. DESSIN. — GRAVURE. — LITHOGRAPHIE. COSTUMES. — ARTS DÉCORATIFS

366. **Alexandre** (Arsène). Jean Carriès, imagier et potier, étude d'une œuvre et d'une vie. *Paris*, *Librairies-Imprimeries réunies*, 1895, in-4, portr. et fig., broché (*Rare*).

367. **Armand** (Alfred). Les Médailleurs italiens des xve et xvie siècles. Deuxième édition revue, corrigée et considérablement augmentée. *Paris*, *Plon et Cie*, 1883-1887, 3 vol. gr. in-8, br.

368. **Benjamin**. Grand Chemin de la Postérité. *Paris*, *Aubert*, *s. d.*, 2 albums in-4.

Grande lithographie panoramique déroulant les portraits-charges des artistes et hommes de lettres de l'école romantique.

369. **Blanc** (Charles). Grammaire des Arts du Dessin. — Grammaire des Arts décoratifs. Décoration intérieure de la Maison. *Paris*, *Renouard*, 1876-1882, 2 vol. gr. in-8, fig., br. — Le Trésor de la Curiosité, tiré des catalogues de vente, avec diverses notes et notices historiques et biographiques. *Paris*, *Renouard*, 1857-1858, 2 vol. in-8, br. (*Ex. sur papier de Hollande*). — Ens. 4 vol.

370. **Boland** (A.). Choix d'Estampes rares de Maîtres inconnus du xve siècle, gravées en fac-simile d'après les originaux du Cabinet d'estampes à Amsterdam. *Amsterdam*, *Muller*, 1883, gr. in-fol., 73 pl., en feuilles, dans un carton.

371. **Boucher Desnoyers** (Aug.). Recueil d'Estampes gravées des peintures antiques, italiennes, etc. *Paris, Didot*, 1821, gr. in-fol., 34 pl., demi-rel., n. rog.

372. **Brunet** (G.). Etude sur Francisco Goya, sa vie et ses travaux. *Paris, Aubry*, 1865, in-4, fig., demi-rel. maroq. rouge, coins, dos orné, tête dor., n. rog. (*Dédicace autographe à Michelet*). — P. Lefort. F. Goya, étude biographique et critique suivie de l'essai d'un catalogue raisonné de son œuvre. *Paris, Loones*, 1877, in-8, br. — Goya, par Ch. Yriarte, sa biographie et le Catalogue de l'œuvre, avec 50 pl. inédites. *Paris, Plon*, 1867, in-4, fig., br. — Ens. 3 vol.

373. **Callot** (Jacques). Les Misères et les Malheurs de la Guerre, representez par Jacques Callot, noble lorrain, et mis en lumière par Israel son amy. *Paris*, 1633, pet. in-fol. oblong, 18 planches, cart. toile Bradel (*Pierson*).

Epreuves *du deuxième état* avec les numéros et les six vers français de l'abbé de Marolles, sans marges, montées sur carton gris.

374. **Callot** (Jacopo). Capricci di varie figuri. *Florenza, s. d.* (*XVII*[e] *siècle*), pet. in-8 oblong, fig., chag. noir, tr. dor.

Album composé d'un titre, un feuillet de dédicace et 18 planches, gravés à l'eau-forte. — Mouillures.

375. **Callot** (Jacques) et **La Belle** (Steph. de). Œuvre. *Paris, chez Boissier*, gr. in-fol., fig., cart.

Recueil factice de 523 pièces gravées d'après ces deux artistes par Israel Silvestre, soigneusement montées à la Glomy, sur papier fort. On y trouve pour *J. Callot* les suites complètes de : Vita et historia beatæ Mariæ Virginis. — Martyrium Apostolorum. — Vita beatæ Mariæ Virginis. — Lux claustri. — La Vie de l'enfant prodigue. — Les Sept péchés capitaux. — Les Pénitents et Pénitentes. — Misères de la guerre. — Misères et malheurs de la guerre. — Exercices militaires. — Fantaisies. — Varie figure. — Balli di Sfenassia. — Capitani i Baroni. — Costumes de la Noblesse lorraine, etc., etc. — *Pour E. de La Belle* : Divers exercices de cavalerie — Agréable diversité de figures. — Divers dessins pour la paix. — Divers embarquemens. — Raccolta di Vasi. — Ornamenti, Grotesche, etc.

376. **Callot** (Jacques). Livre d'esquisses, dans la collection Albertine à Vienne, avec 50 héliogravures et 8 vignettes, publié par

M. Thausing. *Wien*, 1880, in-fol., fig., pap. vergé, cart. toile, n. rog. — Jacques Callot, von H. Nasse, mit 98 abbildungen auf 45 tafeln in lichtdruck. *Leipzig*, *s. d.*, pet. in-4, fig., br. — Ens. 2 vol.

377. **Cellini**. La Vie de Benvenuto Cellini écrite par lui-même. Traduction Léopold Léclanché; notes et index de M. Franco, illustrée de neuf eaux-fortes par F. Laguillermie et de reproductions des œuvres du maître. *Paris*, *Quantin*, 1881, in-8, pap. vergé, fig., br., couvert.

378. **Charlet**. Costumes militaires (1789-1815), dessinés et lithographiés, 50 planches en couleurs. Notice par A. Guillaumot fils. *Paris*, *Cahen*, 1886, pet. in-fol., en feuilles, dans un carton. — Les Grandes Manœuvres, par le major Hoff; illustrations par Edouard Detaille. *Paris*, *Boussod*, 1884, gr. in-fol., fig., cart. de l'édit. — E. Detaille. Les Grandes Manœuvres de l'armée russe. *Paris*, *Boussod*, 1886, gr. in-fol., fig., cart. de l'édit. — G. Gœtschy. Les Jeunes Peintres militaires : de Neuville, Detaille, Dupray. *Paris*, *Baschet*, 1878, gr. in-fol., fig., rel. de l'éditeur. — Ens. 4 volumes.

379. **Chodowiecki**. Auswahl aus des Künstlers schonsten kuppertischen, 136 stiche auf 30 carton-blattern. *Berlin*, *Mitscher*, *s. d.*, in-4, fig., en feuilles, dans un emboîtage. — Daniel Chodowiecki der peintre-graveur, von F. Meyer. *Berlin*, 1888, in-8, fig., br. — Ens. 2 vol.

380. **Clouet**. 300 french Portraits representing personages of the courts of Francis I., Henry II., and Françis II., auto-lithographed from the originals by Lord Ronald Gower. *London*, *Sampson Low*, 1875, 2 vol. in-fol., fig., cart. toile de l'éditeur.

381. **Colvin** (Sidney). Selected Drawings from Old Masters in the University Galleries, and in the Library at Christ Church Oxford. *Oxford*, 1903-1907, 6 part. gr. in-fol., fig. montées à charnière sur fort carton, en feuilles, dans des cartons.

382. **Costumes**. Recueil factice de 160 planches de Modes en

couleurs, publiées en 1809 et années suivantes, par *Ackermann, à Londres*, en 1 vol. in-8, demi-toile. — Cahier contenant 6 planches de costumes en couleurs éditées en France au commencement du XIXe siècle. — Et 43 pl. lithographiées en couleurs parues dans *la Galerie dramatique*, gr. in-8, en feuilles.

383. **Cruikshank** (George). Illustrations of time. *London*, 1827, pet. in-fol. oblong, front. et 6 pl. gr. à l'eau-forte et coloriées, br., couvert. — Scraps and Sketches. Part the third. *London*, 1831, pet. in-fol. oblong, 6 pl. gr. et coloriées. — My Sketch Book. Vol. I. *London*, 1834, pet. in-fol. oblong, fig., br., couvert. — Cum-berland's theatrical illustrations, engraved on steel from original drawings by Th Nagemann and R. Cruikskank. *London, s. d.*, in-18, br. — Ens. 4 vol.

384. **Daumier**. Croquis variés. *Paris, s. d.*, pet. in-4, fig., br., couvert. — Arsène Alexandre. H. Daumier, l'homme et l'œuvre. *Paris, Laurens*, 1882, gr. in-8, fig., br., couvert. — H. Daumier, von Dr. Kurt Bertels. *Leipzig, Piper, s. d.*, in-8, fig., br. — Ens. 3 vol.

385. **Delaborde** (Vte Henri). La Gravure en Italie avant Marc-Antoine (1452-1505). *Paris, Rouam, s. d.*, in-4, fig., cart. de l'édit., n. rog. — V. Malamani. Canova. *Milano, Hœpli, s. d.*, in-4, fig., br. — A. Venturi. La Madona. *Milano, Hœpli*, 1900, in-4, fig., br. — Ens. 3 vol.

386. **Delacroix**. Hamlet. 13 sujets dessinés par Eug. Delacroix. *Paris, Gihaut, s. d.*, gr. in-fol., fig., demi-rel. chag. brun, pl. toile, premier plat de la couvert. conservé.

Belle suite de lithographies en noir sur *papier de Chine*.

387. **Divald** (Carl). Meisterwerke der Bildenden Kunst in phototypen nach originalstichen, mit erlauternden text von Johann (Wagner) Szendrée. *Budapest*, 1883, 2 vol. gr. in-fol., fig., en 24 livraisons.

388. **Dobson** (Austin). William Hogarth, with an introduction

on Hogarth's workmanship, by Sir Walter Armstrong. *London, Heinemann*, 1902, in-fol., fig., cart. de l'édit., n. rog.

389. **Duplessis** (Georges). Histoire de la Gravure en Italie, en Espagne, en Allemagne, dans les Pays-Bas, en Angleterre et en France, suivie d'indications pour former une collection d'estampes. Ouvrage contenant 73 reproductions de gravures anciennes exécutées pour la plupart par le procédé Amand Durand. *Paris, Hachette*, 1880, in-4, fig., demi-rel. dos et coins de chag. vert, dos orné, tête dor., non rogné (*Magnier*).

390. **Eau-forte** (L') en 1874, 1875, 1876. *Paris, Cadart*, 3 vol. gr. in-fol., 100 pl. gravées à l'eau-forte, en feuilles, dans des cartons.

391. **Fenaille** (Maurice). L'Œuvre gravé de P.-L. Debucourt (1755-1832), accompagné d'une préface et de notes, par Maurice Vaucaire. *Paris, Rahir*, 1899, pet. in-4, pap. vélin à la forme, fig., br., couvert.

392. **Forster** (Ernst). Denkmale deutscher bildnerei and malerei von einführung des Christenthumbs auf die neueste zeit. *Leipzig, Weigel*, 1858, 6 vol. pet. in-fol., fig., cart. de l'éditeur.

393. **Forster** (Ernst). Die Deutsche Kunst in bild und wort, mit 140 bildtafeln in stahlstich. *Leipzig, Weigel*, 1879, in-4, fig., rel. de l'édit., tr. dor.

394. **Franco** (Giacomo). Habiti delle Donne venetiane. *Venise, Ongania*, 1877, pet. in-fol., fig., br. — Die Mode, von O. Fischel; text von Max von Bœhn. *Munchen*, 1909, 4 vol. pet. in-8, fig. en noir et en couleurs, rel. de l'édit. — Un Siècle de Modes féminines. *Paris, Charpentier*, 1894, in-12, fig., br. — Ens. 6 vol.

395. **Fünfzig** handzeichnungen Alter Meister aus der J. A. G. Weigel'schen sammlung, in lichtdruck von M. Rommel. *Stuttgart, Engelhorn, s. d.*, in-fol., 50 pl. fac-simile, en feuilles, dans un emboîtage.

396. **Gavarni**. Rustic Groups of Figures. *London, Rowney*, 1850, gr. in-fol., 6 planches, couvert. — Gavarni, l'homme et l'œuvre, par E. et J. de Goncourt. *Paris, Plon*, 1873, in-8, fig., br. — Gavarni, étude, par G. Duplessis. *Paris, Rapilly*, 1876, in-8, fig., br., couvert. — Daumier and Gavarni, by Fr. Frantz and O. Uzanne. *London*, 1904, pet. in-4, fig., br., couvert. — Ens. 4 vol.

397. **Giacomelli** (H.). Raffet, son œuvre lithographique et ses eaux-fortes, suivi de la Bibliographie complète des ouvrages illustrés de vignettes d'après ses dessins. *Paris, Gazette des Beaux-Arts*. 1862, in-8, fig., br., couvert.

L'un des 20 ex. sur grand papier de Hollande.

398. **Goya** (Francisco). Caprichos. *S. l. n. d.*, pet. in-fol., fig., cart., n. rog. (*Réimpression*). — Goya, par Charles Yriarte. Sa biographie, les fresques, les toiles, les tapisseries, les eaux-fortes, et le catalogue de l'œuvre avec 50 planches inédites. *Paris, Plon*, 1867, in-4, fig., br. — Ens. 2 vol.

399. **Goya**. Caprichos. Coleccion de 80 estampas grabadas al agua fuerte con aguados de resina, por el mismo. *Madrid, Calcografia nacional*, 1868, in-4, fig., cart., n. rog.

400. **Goya** (Francisco). Los Desastres de la Guerra, coleccion de 80 laminas inventadas y grabadas al agua fuerte. *Madrid*, 1863, in-fol. oblong fig., demi-rel. chag. rouge.

Premier tirage.

401. **Goya** (Fr.). Los Desastres de la Guerra, coleccion de 80 laminas inventadas y grabados al agua fuerte. *Madrid*, 1892, pet. in-fol. oblong, fig., demi-toile.

402. **Goya** (Francisco). La Taureaumachie, recueil de 40 estampes inventées et gravées à l'eau-forte. *Paris, Loizelet, s. d.*, in-fol. oblong, figures, demi-rel. maroq. brun, coins, tête dor., n. rog.

403. **Goya** y Lucientes. Cinquante planches d'après ses Œuvres les plus célèbres. Introduction par Paul Lafond. *Paris, Goupil*, 1910, in-fol., pl., en fascicules, dans un étui.

404. **Goya** (Francisco de), von V. von Loga, mit 126 abbildungen. *Berlin, Grote*, 1903, in-4, pap. vergé, fig., cart. de l'édit., n. rog. — F. de Goya, von Dr. R. Œrtel, mit 144 abbildungen. *Bielefeld*, 1907, in-8, fig., cart. — F. de Goya, von V. von Loga, mit 71 tafeln. *Leipzig, s. d.*, in-4, fig., br. — Goya, par P. Lafond. *Paris, Rouam, s. d.*, in-4, fig., br. — Les Caprices de Goya. Edit. illustrée de 80 reproductions, précédée d'une étude, par T. Leclère. *Paris, Sansot, s. d.*, gr. in-8, br. — F. Goya, von Dr Kurt Bertals. *Munchen*, 1907, in-8, fig., cart. de l'éditeur. — F. de Goya, von I. Brieger-Wasservogel. *Paris, Bergmann, s. d.*, in-4, fig., rel. de l'éditeur. — Ens. 7 vol.

405. **Grand-Carteret** (J.). Les Mœurs et la Caricature en France. — Les Mœurs et la Caricature en Allemagne, en Autriche, en Suisse, avec préface de Champfleury. *Paris*, 1885-1888, 2 vol. gr. in-8, fig., br. — La Femme en Allemagne. *Paris*, 1887, in-8, fig., br. — Les Maîtres de la Caricature française au XIXe siècle; notice par Armand Dayot. *Paris, Quantin, s. d.*, pet. in-4, fig., br. — Ens. 4 vol.

406. **Grosvenor Gallery Publications**. The royal Collection of Drawings by the Old Masters at Windsor. — Drawings by the Old Masters in the Library of Christ Church, Oxford. *London*, 1878-1879, 5 vol. gr. in-fol., pl., en feuilles, dans des cartons.

407. **Gruyer** (Gustave). Les Illustrations des Ecrits de Savonarole publiés en Italie au XVe et au XVIe siècle et les Paroles de Savonarole sur l'art. — Raphaël, peintre de portraits. — L'Art français à l'époque des princes d'Este. *Paris, Didot*, 1879-1897, 5 vol. in-4 et in-8, fig., br.

408. **Guiffrey** (Jules). Les Caffiéri, sculpteurs et fondeurs-ciseleurs. Etude sur la statuaire et sur l'art du bronze en France au XVIIe et au XVIIIe siècle. *Paris, Morgand et Fatout*, 1877, in-8, pap. vergé, portr. et fig., demi-rel. dos et coins de mar. brun, tête dor., n. rog. (*Petit*).

409. **Hirth** (Georg). Kulturgeschichtliches Bilderbuch aus drei

jahrhunderten. — Les Grands illustrateurs. Trois Siècles de Vie sociale (1500-1800). *Leipzig, s. d.*, 3 vol. in-fol., fig., en livraisons (*Manquent les 32 et 33e livraisons*).

410. **Hogarth** illustrated by John Ireland. *London*, 1792, 3 vol. in-8, fig., cart., n. rog. (*Mouillures*). — W. Hogarth, by Aug. Dobson. *London*, 1899, in-8, cart. toile, n. rog. — Ens. 4 vol.

411. **Hogarth** (William). The Works, with descriptions, and a comment on their moral tendency, by the Rev. J. Trusler. *London, Jones*, 1833, 2 vol. in-4, portrait et 108 pl., demi-rel. veau rouge, coins, dos orné.

Manquent 1 planche et 2 feuillets de texte.

412. **Hogarth** (W.). The Works, in a series of 150 steel engravings, by the first artists, with description and a comment on their moral tendency, by the Rev. John Trusler. *London, s. d.*, 2 vol. in-4, fig. sur acier, demi-rel. bas. verte.

413. **Janitsch et Lichhvark**. Stiche und Radirungen von Schongauer, Durer, Rembrandt, in heliographischer nachbildung. *Berlin*, 1885-1886, in-fol., 25 pl., en feuilles, dans 5 cartons.

414. **Jansen**. Essai sur l'Origine de la Gravure en bois et en taille-douce, et sur la connaissance des estampes des xve et xvie siècles. *Paris, Schœll*, 1808, 2 vol. in-8, pl., veau fauve, dos orné. — Notices sur les Graveurs qui nous ont laissé des estampes marquées, des monogrammes, chiffres, etc. (par Baverel et Malpé). *Besançon, Taulin-Dessirier*, 1807-1808, 2 vol. in-8, demi-rel. veau. — Ens. 4 vol.

415. **Japon** (Le) artistique. Documents d'art et d'industrie réunis par S. Bing. *Paris, Marpon et Flammarion*, 1891, 6 vol. in-4, fig., demi-rel., dos et coins de mar. citron, dos orné en mosaïque, tête dor., non rog.

Bel exemplaire sur papier du Japon.

416. **Kupferstichkabinet** (Der), nachbildungen von werken der graphischen Kunst vom ende des XV. bis zum anfang des XIX. jahrhunderts, herausgegeben von A. Fischer Edlen von Zick-

wolff und W. Franke. *Leipzig*, 1897-1900, 4 vol. in-fol., fig., cart. toile de l'éditeur.

417. **La Fage.** Recueil des meilleurs desseins de Raymond La Fage, gravé par cinq des plus habiles graveurs et mis en lumière par les soins de Vander-Bruggen. *Amsterdam, Valck, s. d.* (*fin du XVIIIe siècle*), gr. in-fol., fig., demi-rel.

Recueil composé d'un titre, 4 pages de texte gravé, et de 52 planches dont plusieurs sont doubles.

418. **Lippmann** (Friedrich). The Art of wood-engraving in Italy in the XVth century. *London, Quaritch*, 1888, gr. in-8, fig., rel. de l'éditeur, tête dor., n. rog. — Introduction to a Catalogue of the early italian prints in the British Museum, by R. Fisher. *London*, 1886, in-8, cart. toile, n. rog. — Etching, engraving and the other methods of printing pictures, by H. W. Singer et W. Strang. *London, Kegan Paul*, 1897, in-8, fig., cart. toile de l'édit., n. rog. — The Ars moriendi (editio princeps, circa 1450), a reproduction of the copy in the British Museum, with an Introduction, by G. Bullen. *London*, 1881, in-4, fig., cart. toile de l'édit., n. rog. — Ens. 4 vol.

418 *bis*. **Lutzow** (D^s^ Carl von). Geschichte des deutschen Kupferstiches und Holzschnittes. *Berlin, Grote*, 1891, 4 vol. gr. in-8, fig., en livraisons.

419. **Mahérault** (M.-J.-F.). L'Œuvre de Moreau le jeune. Catalogue raisonné et descriptif avec notes iconographiques et bibliographiques. *Paris, Labitte*, 1880, in-8, port , br. (*Ex. en papier Whatman*). — Les Graveurs français du XVIIIe siècle, catalogue raisonné, par E. Bocher. 3e fascicule : J.-B. Siméon Chardin. *Paris, Jouaust*, 1876, in-4, pap. vergé, port., br. — Ens. 2 vol.

420. **Maindron** (Ernest). Les Affiches illustrées. Ouvrage orné de 20 chromolithographies par Jules Chéret et de nombreuses reproductions en noir et en couleur d'après les documents originaux. *Paris, Launette*, 1886, in-4, fig., br., couvert.

421. **Mallet.** Les Nudités, gravées par Cardon, Girard, Choubard, etc., en 1 vol. in-fol., fig., demi-rel. chag. vert, coins, tête dor., n. rog.

Belle suite de 10 planches coloriées à toutes marges.

422. **Mauclair** (Camille). Louis Legrand, peintre et graveur. *Paris, Floury*, 1910, in-4, fig., br., couvert.

423. **Plon** (Eugène). Benvenuto Cellini, orfèvre, médailleur, sculpteur. Recherches sur sa vie, sur son œuvre, et sur les pièces qui lui sont attribuées. Eaux-fortes de Paul Le Rat. *Paris, Plon*, 1883, in-fol., pl., br. — Les Della Robia, leur vie et leur œuvre, suivi d'un Catalogue de l'Œuvre, par J. Cavallucci et E. Molinier. *Paris, Rouam*, 1884, gr. in-4, fig., cart. de l'éditeur, tr. dor. — Ens. 2 vol.

424. **Portraits contemporains.** Mlle Rachel. — H. de Balzac. — V. Cousin. — Ingres. — Béranger. — Rossini. — J. Sandeau. — S. de Sacy. — A. Houssaye, etc. 20 gravures sur acier d'après des portraits authentiques. *Paris, aux bureaux de l'Artiste*, 1859, in-fol., en feuilles, dans un carton. — Sept Dessins de Gens de Lettres : MM. Victor Hugo, P. Mérimée, E. et J. de Goncourt, Ch. Baudelaire, Th. Gautier, Ch. Asselineau, fac-similés par M. A. Bouvenne. *Paris, Rouquette*, 1874, in-fol., en feuilles, dans un carton. — Ens. 2 vol.

425. **Prints** and Drawings in the British Museum, reproduced by photographic process. — Italian Prints. *London*, 1882-1883, 2 séries in-fol., en feuilles, dans des cartons.

426. **Raccolta** di Disegni esistenti nella R. Galleria degli Uffizi riprodotti in fototipia per cura dei fratelli Alinari. *Florenz, Secher, s. d.*, 2 séries en 20 fascicules, fig., en feuilles, couvert.

427. **Ramiro** (Erastène). Catalogue descriptif et analytique de l'Œuvre gravé de Félicien Rops, précédé d'une Notice biographique et critique. — Supplément au Catalogue de l'Œuvre gravé de Félicien Rops. *Paris, Conquet et Floury*, 1887-1895, 2 vol. gr. in-8, fig., br., couvert.

428. **Ramiro** (Erastène). Félicien Rops. *Paris, Pellet*, 1905, pet. in-4, fig., br., couvert. — La Plume. Numéro spécial consacré à Félicien Rops. *Paris*, 1896, pet. in-4, fig., br. — Ens. 2 vol.

429. **Reproductions** of Drawings by Old Masters in the Collection of the Duke of Devonshire at Chatsworth, with an Introduction by S. A. Strong. *London, Duckworth*, 1902, gr. in-fol., fig., rel. pleine en chag. noir, armoiries et titre dorés sur les plats, tête dor., n. rog.

Tiré à 98 exemplaires sur papier du Japon.

430. **Robins** (J. et E.). Lithography and Lithographers, some chapters in the history of the art. *London, Unwin*, 1898, pet. in-fol., fig., cart. de l'édit., n. rog. — Catalogue de l'Œuvre gravé et lithographié de R. P. Bonington, par A. Bouvenne. *Paris, Baur*, 1873, in-8, port., br. — British contemporary artists, by C. Monkouse. *London*, 1901, pet. in-4, fig., cart. de l'édit. — Ens. 3 vol.

431. **Rops**. La Plume. Numéro spécial consacré à Félicien Rops. *Paris*, 1896, pet. in-4, fig., br. — Eau-forte, pointe-sèche et vernis mou, par Aug. Delatre. Préface de Castagnary. Lettre de Félicien Rops; gravures inédites par F. Rops, H. Somm, A. Point, et Delattre. *Paris, Lanier*, 1887, pet. in-4, fig., br. — A. Piedagnel. J.-F. Millet, souvenirs de Barbizon, avec un portrait et 9 eaux-fortes par F. Rops, Max. Lalanne, etc. *Paris, Ve Cadart*, 1876, gr. in-8, fig., br. — Ens. 3 vol.

432. **Rops** (Félicien), par Rudolf Klein. 5 planches en quatre couleurs et 48 illustrations teintées. *Paris, s. d.*, in-fol., fig., br. — F. Rops, étude patronymique, par Eug. Demolder, avec quelques reproductions de devises inédites de Rops. *Paris*, 1894, gr. in-8, fig., br. — Et 5 frontispices dessinés et gravés à l'eau-forte par Félicien Rops pour les *Jeunes-France, la Messe de Gnide, les Cousines de la Colonelle, les Exercices de dévotion de M. Henri Roch*, et *la Fleur lascive orientale*.

433. **Rouveyre**. Carcasses divines. — Le Gynécée, recueil pré-

cédé d'une glose, par Remy de Gourmont. — Phèdre. — Mort de l'Amour, avec, en appendice, une prose de Jean Moréas. *Paris*, 1907-1911, 4 vol. in-4, pap. vergé, fig., br., couvert.

Dédicaces autographes à M. Cheramy.

434. **Saint-Non** (Abbé de). Recueil de Griffonis, de Vues, Paysages, fragments antiques et sujets historiques, gravés à l'eau-forte et au lavis, d'après différents maîtres des écoles italiennes et de l'école française. *S. l. n. d.* (*XVIIIe siècle*), in-fol., fig., basane noire, filets à froid, dos orné, tr. marb.

435. **Sem.** Album. *Paris, s. d.*, 5 vol. gr. in-fol., fig. en couleurs, en feuilles, dans des cartons.

436. **Unger.** Les Œuvres de William Unger, eaux-fortes d'après les maîtres anciens, commentées par C. Vosmaer. *Leide, Sijthoff*, 1875, 3 vol. in-fol., fig., en feuilles, dans un cartonnage.

437. **Vever** (Henri). La Bijouterie française au XIXe siècle (1800-1900). *Paris, Floury*, 1906-1908, 3 vol. in-4, fig., br., couvert.

438. **Vivant Denon.** L'Œuvre originale de Vivant Denon. Collection de 317 eaux-fortes dessinées et gravées par ce célèbre artiste, avec un texte, par M. Albert de La Fizelière. *Paris, Barraud*, 1873, 2 vol. in-fol., port. et pl., demi-rel., dos et coins de mar. rouge, dos orné, tête dor., non rog.

Bel exemplaire bien complet contenant les planches de Priapées.

439. **Whitman** (Alfred). The Masters of Mezzotint, the men and their work. *London, Bell*, 1898, in-4, fig., cart. toile de l'éditeur. — Frederic Lord Leighton, late president of the royal Academy of arts, by E. Rhys. *London*, 1898, in-4, fig., cart. de l'édit. — An Almanach of twelve sports, by W. Nicholson, with words by Rudyard Kipling. *London*, 1898, in-4, fig., cart. de l'éditeur. — Ens. 3 vol.

MUSIQUE

440. **Album artistique** de la reine Hortense. Esquisse biographique de la reine Hortense. — Une Visite à Augsbourg. — Lettres. *Paris, Heugel, s. d.*, in-4 oblong, fig., cart. de l'éditeur, armoiries et cadre de filets dorés sur les plats.

Bel album imprimé en vert avec cadre en or à toutes les pages, illustré de planches en noir et en chromolithographie, contenant toutes les productions musicales de la reine, texte et musique gravés en taille-douce.

441. **Beethoven**. Correspondance; trad. par J. Chantavoine. *Paris, Lévy, s. d.*, in-12, br. — Histoire de la Vie et de l'Œuvre de L. van Beethoven, par A. Schindler, trad. par A. Sowinski. *Paris, Garnier*, 1865, in-8, br. — W. de Lenz. Beethoven et ses trois styles. *Paris*, 1909, in-12, br. — Beethoven, par Vincent d'Indy. *Paris, Laurens, s. d.*, in-8, *pap. du Japon*, fig., br. — R. Rolland. Vie de Beethoven. *Paris, Hachette*, 1908, in-12, br. — Petites Amies de Beethoven, par A. de Belesy. *Paris, Champion*, 1910, in-12, br. — Ens. 6 vol.

442. **Berlioz** (Hector). Voyage musical en Allemagne et en Italie. *Paris, Labitte*, 1842, 2 vol. in-8, br., couvert. — A travers chants. — Correspondance inédite. — Lettres intimes. *Paris, Lévy*, 1862-1879-1882, 3 vol. in-12, br., couvert. — Ens. 5 vol.

Editions originales.

443. **Chamberlain** (H. Stewart). Richard Wagner. *München, Brückmann*, 1896, gr. in-8, fig., br.

444. **Chéramy** (P.-A.). Deux Discours prononcés aux fêtes de Richard Wagner à Berlin (1er et 4 octobre 1903). *Paris, Société française d'éditions d'art*, 1903, in-12, pap. vergé, broché.

63 exemplaires.

445. **Chéramy** (P.-A.). Richard Wagner et son Œuvre, conférence faite à la Société des Amis des Arts, à Angers. *Paris, Société française d'éditions d'art*, 1901, in-12, pap. vergé, broché.

130 exemplaires.

446. **Etat** actuel de la Musique du Roi et des trois Spectacles de Paris. *Paris, Dentu*, 1774, in-18, fig., maroq. rouge, filets, fleurons aux angles, dent. int., doublé de tabis bleu, tr. dor. (*Rel. anc.*).

Livre illustré d'un frontispice, d'un titre et de 4 figures par Cochin, Moreau et Eisen. — Bel exemplaire.

447. **Jullien** (Adolphe). Richard Wagner, sa vie et ses œuvres. *Paris, Rouam*, 1886, in-4, fig., vélin vert, fil., tête rouge, non rogné.

448. **Jullien** (Adolphe). Hector Berlioz, sa vie et ses œuvres. Ouvrage orné de 14 lithographies originales par M. Fantin-Latour, de 12 portraits de H. Berlioz, de 3 planches et 122 gravures. *Paris, Librairie de l'Art*, 1888, gr. in-4, fig., br., couvert.

449. **Mozart** (W.-A.). Lettres. Traduction complète avec une Introduction et des Notes, par H. de Curzon. *Paris, Hachette*, 1888, in-8, port., demi-rel. bas. verte, coins, n. rog. — Histoire de Mozart, par G. N. de Nissen, trad. de l'allemand par A. Sowinski. *Paris, Garnier*, 1869, in-8, br. — A. de Wyzewa et G. de Saint-Foix. W. A. Mozart, sa vie musicale et son œuvre. *Paris, Perrin*, 1912, 2 vol. in-8, fig., br. — Ens. 4 vol.

450. **Rochas** (Albert de). Les Sentiments, la Musique et le Geste. *Grenoble, Falque*, 1900, pet. in-4, fig., br., dans un emboîtage.

451. **Villard** (Nina de). Huit Pièces pour Piano; dessins de Franc Lamy. *Paris*, décembre 1879, pet. in-fol., fig., maroq. rouge, filets et large dentelle avec médaillon en maroq. vert aux angles, dos orné, dent. int., gardes et doublure en tabis

vert, tr. dor., renfermé dans une boîte en maroq. rouge avec dentelle et ornements dorés.

Beau Manuscrit de Musique orné de *dessins originaux humoristiques à la plume* offert par les deux artistes à Madame Emile Gaillard.

452. **Wagner** (Richard). Parsifal. — Le Vaisseau fantôme. — Tristan et Ysolde. — Les Maîtres Chanteurs de Nuremberg. — L'Or du Rhin. — Siegfried. — La Walkyrie. — Lohengrin. *Paris, s. d.*, 8 vol. in-4, demi-rel.

Partitions piano et chant.

453. **Wagner**. Tristan und Isolde. 12 bilder zu R. Wagner's vondichvung von F. Svassen. *Berlin, Fischer, s. d.*, gr. in-fol., fig. en noir et en couleurs montées à châssis, en feuilles, dans un emboîtage.

454. **Wagner** (Richard). L'Or du Rhin et la Valkyrie. — Siegfried et le Crépuscule des Dieux; avec illustrations par Arthur Rackham. *Paris, Hachette, s. d.*, 2 vol. pet. in-4, fig. en couleurs, cart. de l'éditeur.

455. **Wagner** (Richard). Siegfried et le Crépuscule des Dieux, avec illustrations par Arthur Rackham. Traduction en prose rythmée par A. Ernst. *Paris, Hachette, s. d.*, in-4, fig., cart. de l'édit., n. rog.

L'un des 30 exemplaires sur *papier du Japon signés par A. Rackham.*

456. **Wagner** (Richard). Réunion de 32 vol. reliés et brochés, sur l'Œuvre de Richard Wagner.

457. **Wagner** (Richard). Réunion de 90 volumes reliés et brochés de différents formats relatifs à la vie et à l'œuvre de Wagner.

458. **Wagner**. Quatre Poèmes d'opéras, traduits en prose française. *Paris*, 1861, in-12, demi-toile Bradel, coins, n. rog. — *Même ouvrage*. Notice de Ch. Nuitter. *Paris*, 1893, in-12, fig., br. — Le Judaïsme dans la Musique. *Bruxelles*, 1869, br. in-8. — Beethoven. *Leipzig*, 1870, in-8, br. — Beethoven,

trad. de H. Lasvignes. *Paris*, 1902, in-12, br. — Souvenirs, traduits par C. Benoit. *Paris, Charpentier*, 1884, in-12, br. — L'Œuvre et la Mission de ma Vie, traduit par E. Hippeau. *Paris, Schiller*, 1884, br. in-8. — Musiciens, Poètes et Philosophes, trad. par C. Benoit. *Paris, Charpentier*, 1887, in-12, br. — Lettres à A. Rackel, trad. par M. Kufferath. *Paris*, 1894, in-12, br. — Quinze Lettres, trad. par A. Stapz. *Bruxelles*, 1884, in-12, br. — Dix Ecrits. *Paris, Fischbacher*, 1898, in-12, br. — Correspondance avec Litz, trad. par L. Schmitt. *Leipzig*, 1900, 2 vol. pet. in-8, br. — Ma Vie, trad. de Valentin et Sehenk. *Paris*, 1911, 2 vol. in-8, port., br. — Ens. 15 vol.

459. **Wagner** (Richard). Ma Vie, 1813-1842. Traduction de N. Valentin et A. Sehenk. *Paris, Plon*, 1911, 3 vol. in-8, brochés.

Exemplaire sur papier vergé.

460. **Wagner** (Richard). Réunion de 42 vol. et brochures par R. Wagner ou ayant trait à sa vie et à ses œuvres.

RELIGIONS. — PHILOSOPHIE. — MORALE

461. **Aristote.** Œuvres, traduites en français par J. Barthélemy Saint-Hilaire. *Paris*, 1847-1891, 18 vol. in-8, demi-toile rouge Bradel, n. rog. (*Les trois vol. de Morale sont en demi-rel. veau brun*).

Traité du Ciel. — Psychologie. — Morale. — Politique. — Rhétorique. — Production et destruction des choses. — Problèmes. — Métaphysique. — Génération des animaux. — Table des matières.

462. **Aristote.** Politique d'Aristote, traduite en français, par J. Barthélemy Saint-Hilaire. 2e édit., revue et corrigée. *Paris, Dumont*, 1848, in-8, veau fauve, fil., dos orné, dent. int., tr. dor. (*Bel exemplaire*). — Psychologie. Opuscules, traduits en

français par J. Barthélemy Saint-Hilaire. *Paris, Dumont*, 1847, in-8, br. — Ens. 2 vol.

463. **Duchesne** (L.). Histoire de l'Eglise. *Paris, Fontemoing*, 1907-1910, 3 vol. in-8, brochés.

464. **Du Vair** (G.). De la Constance et Consolation ès calamitez publiques. Seconde édit. reveue et corrigée. *Paris, A. l'Angelier*, 1595, pet. in-12, veau brun, filets, dos orné, dent. int., tr. dor. (*Vogel*). — Perfection de la Vie politique, escrite en italien par le seigneur Paul Paruta, traduite en françois, par M. François Gilbert de la Brosse, aumosnier de la royne mere. *Paris, Chesneau*, 1582, pet. in-4, fig. sur bois, veau (*Rel. anc.*). — Ens. 2 vol.

465. **François** (Saint) d'Assise. I. Vie de Saint François. II. Saint François après sa mort. *Paris, Plon*, 1885, in-4, fig., br., couvert.

Exemplaire d'artiste. — Nous y joignons : G. Lafenestre. La Légende de S. François d'Assise. *Paris, Piazza, s. d.*, in-12, br. — S. François d'Assise et les Origines de l'Art de la renaissance en Italie, par H. Thode. *Paris, Laurens, s. d.*, 2 vol. in-8, fig., br.

466. **Félix-Faure Goyau** (Lucie). Newman, sa vie et ses œuvres. — La Vie et la Mort des Fées, essai d'histoire littéraire. *Paris, Perrin*, 1901-1910, 2 vol. in-12, portr., br., couvert.

Exemplaire sur *papier de Hollande* avec *envois autographes de l'auteur* à M. Chéramy.

467. **Goyau** (Georges). — André Pératé. — Paul Fabre. Le Vatican, les Papes et la Civilisation. Le Gouvernement central de l'Eglise. Ouvrage illustré de 2 gravures au burin de F. Gaillard et d'Eug. Burney, de 4 chromolithographies, de 7 phototypies et de 475 gravures reproduites directement d'après les photographies. *Paris, Firmin-Didot*, 1895, in-4, fig., rel. de l'éditeur.

468. **Gobineau** (A. de). Essai sur l'Inégalité des Races humaines. *Paris, Didot*, 1855, 4 vol. in-8, br., couvert.

469 **Gobineau** (Comte de). Les Pleïades. *Paris, Plon*, 1874, in-12, br., couvert. — Histoire d'Ottar Jal, pirate norvégien.

Paris, Didier, 1879, in-12, cart., tr. dor. — Deux Etudes sur la Grèce moderne. *Paris, Plon,* 1905, in-12, br. — Correspondance entre A. de Tocqueville et A. de Gobineau. *Paris, Plon,* 1909, pet. in-8, br. — Alexandre le Macédonien, publié par L. Schemann. *Strasbourg*, 1901, pet. in-8, br. — Ens. 5 vol.

470. **Hegel**. Philosophie de l'Esprit. — Philosophie de la Nature. — Logique, trad. pour la première fois, par A. Vera. *Paris*, 1874, 7 vol. in-8, br. — La Logique subjective, traduite par Sloman et J. Wallon. *Paris,* 1854, in-8, demi-rel. chag. noir. — Ens. 8 volumes.

471. **Kant** (Emm.). Principes métaphysiques de la Morale. 3e édit. en français, avec une introduction et des notes par J. Tissot. *Paris, Ladrange*, 1854, in-8, demi-toile rouge Bradel, n. rog. — Critique de la Raison pure, traduit de l'allemand par J. Barni. *Paris, Baillière*, 1869, 2 vol. in-8, demi-rel. chag. vieux rouge, n. rog. — Ens. 3 vol.

472. **Kant** (E.). Observations sur le Sentiment du beau et du sublime, traduit par H. Peyer-Imhoff. *Paris, Lucet*, 1806, in-8, veau rac. — Critique de la Raison pratique, traduit par J. Barni. *Paris, Ladrange*, 1848, in-8, demi-rel. chag. rouge. — Eléments métaphysiques de la doctrine du droit et de la vertu, traduits par J. Barni. *Paris, Durand*, 1853-1855, 2 vol. in 8, demi-rel. chag. vert. — Premiers Principes métaphysiques de la science de la nature, traduits par C. Andler et E. Chavannes. *Paris, Alcan*, 1891, in-8, br. — Critique de la Raison pure. Nouv. traduction par A. Tremesaygues et B. Pacaud. *Paris, Alcan*, 1905, in-8, br. — Ens. 6 vol.

473. **La Rochefoucauld** (Duc de). Maximes et Réflexions morales. *Amsterdam*, 1780, in-18, vignette sur le titre, maroq. rouge, filets, dos orné, dent. int., tr. dor. (*Rel. anc.*).

474. **La Rochefoucauld** (Duc de). Maximes et Réflexions morales, ornées de son portrait gravé d'après Petitot par P.-P. Choffard, et d'un modèle de son écriture. *Paris, Blaise*, 1813, in-8, cart., n. rog.

Exemplaire en *papier vélin fort teinté*.

475. **Maurras** (Charles). Anthinéa. D'Athènes à Florence. *Paris, Juven, s. d.*, in-12, br., couvert. — L'Avenir de l'Intelligence. *Paris, Fontemoing*, 1905, in-12, br., couvert.

Editions originales.

476. **Ménard** (Louis). Rêveries d'un Païen mystique. Préface de Maurice Barrès. Portrait gravé à l'eau-forte par G. Noyon. *Paris, A. Durel*, 1909, in-8, port., br., couvert. — Lettres d'un Mort. Opinions d'un Païen sur la Société moderne. *Paris*, 1895, in-12, br. — La Morale avant les Philosophes. *Paris, Charpentier*, 1863, in-12, br. — Du Polythéisme hellénique. *Paris, Charpentier*, 1863, in-12, cart. — Ens. 4 volumes.

477. **Ménard** (Louis). Poèmes et Rêveries d'un Paien mistiqe. *Paris, Librairie de l'art indépendant*, 1895, in-12, br., couvert. — Lettres d'un Mort. Opinions d'un Païen sur la Société moderne. *Paris, Librairie de l'art indépendant*, 1895, in-12, br., couvert. — Les Oracles. *Paris*, 1897, br. in-8. — Les Questions sociales dans l'antiquité. *Paris*, 1898, br. in-8, couvert. — Ens. 4 vol.

478. **Montaigne** (Michel, seigneur de). Les Essais. Nouvelle édition exactement purgée des défauts des précédentes, selon le vray original. *Paris, Piget*, 1652, in-fol., frontispice avec port. gravé, maroq. rouge, compartiments de filets à froid et fleurons dorés aux petits fers sur les plats, dos orné, dent. int., tr. dor. (*Petit*).

Bel exemplaire dans lequel on a intercalé un portrait de Montaigne, *aquarelle originale* d'après le tableau conservé au château de Montaigne; il provient de la bibliothèque de Benjamin Delessert avec le nom de *Cécile* doré sur le plat supérieur.

479. **Montaigne**. Essais de Michel de Montaigne. *Paris, Bastien*, 1783, 3 vol. in-4, portr. gravé par N. Pruneau, demi-rel. veau fauve, non rogné.

Exemplaire sur *grand papier de Hollande.*

480. **Montaigne** (Michel de). Les Essais de Michel de Montaigne, publiés d'après l'exemplaire de Bordeaux, avec les variantes

manuscrites et les leçons des plus anciennes impressions, des notes, des notices et un lexique, par F. Strowski. *Bordeaux, Pech*, 1906-1909, 2 vol. in-4, br., couvert.

481. **Montaigne**. Ephémérides, Lettres et autres Pièces autographes et inédites de Michel de Montaigne et de sa fille Eléonore, recueillies et publiées par le Dr J. F. Payen. *Paris, Jannet*, 1855, in-8, demi-chag. bleu Bradel, coins, n. rog. (*Rousselle*).

Exemplaire contenant *trois états* différents de cette publication, formé par le Dr Payen qui y a réuni plusieurs extraits de journaux relatifs à Montaigne, la facture de l'imprimeur, et *six lettres autographes* de L. Dessalles, Ch. Weiss, P. Jannet, P. Limayrac, Ch. Des Moulins et G. Brunet.

482. **Montaigne**. Journal de Voyage, avec une Introduction et des notes par L. Lautrey. *Paris, Hachette*, 1906, in-12, br. — Lettres inédites, publiées par F. Feuillet de Conches. *Paris, Plon*, 1863, in-8, demi-rel. veau vert, coins, dos orné. — Les Sources et l'Evolution des Essais de Montaigne, par P. Villey. *Paris, Hachette*, 1908, 3 vol. in-8, br. — Th. Malvezin. Michel de Montaigne. *Bordeaux, Lefebvre*, 1875, in-8, pap. vergé, demi-rel. bas., n. rog. — M. de Montaigne, sa vie, ses œuvres, par Bigorie de Laschamps. *Paris, Didot*, 1866, in-12, demi-toile, coins, n. rog. — Goutchkoff. Les Vues esthétiques de Montaigne. — A. Carre. La Philosophie théorique de Montaigne. *Paris, Sansot*, 1907, 2 vol. in-32, br. — P. Bonnefon. Montaigne, l'homme et l'œuvre. *Paris, Rouam*, 1895, pet. in-4, papier vergé, fig., br. — L'Esprit de Montaigne. *Londres* (*Cazin*), 1784, 2 vol. in-18, port., veau, fil., tr. dor. — Ens. 12 vol.

483. **Nietzsche** (Frédéric). Richard Wagner à Bayreuth, traduit par M. Baumgartner. *Paris*, 1877, in-12, br. — La Généalogie de la Morale. — Humain, trop humain. — Considérations inactuelles. — Le Voyageur et son ombre. — Par dela le bien et le mal. — Ecce Homo. — La Volonté de puissance, traduit par H. Albert. *Paris*, 1900-1903, 8 vol. in-12, br. (*Les trois derniers sur pap. de Hollande*). — A travers l'œuvre de

Nietzsche, par Lauterbach et Wagnon. *Paris, Schulz*, 1893, in-12, br. — D. Halévy. La Vie de F. Nietzsche. *Paris, s. d.*, in-12, br. — La Philosophie de Nietzsche, par A. Lichtenberger. *Paris, Alcan*, 1898, in-12, br. — Ens. 12 vol.

484. **Renan** (Ernest). Etudes d'histoire religieuse. — Averroës et l'Averroïsme. — Cahiers de Jeunesse. — Nouveaux Cahiers de Jeunesse. — Réponse au Discours de M. Claretie. — L'Origine du Langage. — Le Prêtre de Nemi. — Lettres intimes, précédées de Ma Sœur Henriette. — Index de l'Histoire du Peuple d'Israël. *Paris, Lévy*, 1883-1896, 9 vol. in-8, br.

Nous y joignons : Le Livre d'or d'E. Renan. *Paris*, 1906, in-4, br.

485. **Sanchez** (Thomas). Disputationum de Sancto Matrimonii sacramento. *Venetiis*, 1625, 3 tomes en 2 vol. in-fol., demi-rel. vélin.

486. **Schopenhauer** (Arthur). Le Monde comme volonté et comme représentation, traduit en français par A. Burdeau. *Paris, Alcan*, 1893, 3 vol. in-8, demi-rel. chag. rouge, dos orné. — Le Fondement de la Morale, traduit par A. Burdeau. *Paris, Baillière*, 1879, in-12, br. — Aphorismes de la Sagesse dans la vie, trad. en français, par J. B. Cantacuzène. *Paris, Alcan*, 1887, in-8, br. — A. Schopenhauer, par E. Seillière. *Paris, Bloud*, 1911, in-12, port., br. — Ens. 6 vol.

487. **Senancour** (de). De l'Amour, considéré dans les lois réelles, et dans les formes sociales de l'union des sexes. *Paris, Cérioux*, 1806, in-8, demi-rel. veau violet (*Edit. originale*). — De l'Amour. 2e édit. avec des additions et des changements considérables. *Paris*, 1808, in-8, front., cart., n. rog. — Rêveries sur la nature primitive de l'homme. *Paris*, 1809, in-8, demi-rel. — Obermann, avec une préface par G. Sand. *Paris*, 1840, in-12, demi-rel. veau. — Petit Vocabulaire de simple vérité. *Paris*, 1833, 2 vol. in-18, br. — G. Michaut. Sénancourt, ses amis et ses ennemis. *Paris*, 1910, in-8, br. — Ens. 7 vol.

488. **Spinoza.** Œuvres, traduites par E. Saisset. *Paris, Charpentier*, 1875, 3 vol. in-12, cart. toile Bradel, n. rog. — La Doctrine de Spinoza exposée et commentée, par E. Ferrière. *Paris, Alcan, s. d.*, in-12, br. — Spinoza, par L. Brunschvigg. *Paris, Alcan*, 1906, in-8, br. — Ens. 5 vol.

489. **Suarès** (Yves Scantrel). Sur la Vie. Essais. — Voyage du Condottiere vers Venise. *Paris, Cornély*, 1910, 3 vol. pet. in-8, br. — Wagner. *Paris, s. d.*, pet. in-8, br. — Sur la Vie (essais). *Paris, Emile-Paul*, 1912, in-12, br. — La Tragédie d'Elektre et Oreste. — Dostoievski. *Paris, s. d.*, 2 vol. pet. in-8, br., couvert. — Ens. 7 vol.

490. **Voragine** (Jacques de). La Légende dorée, nouvellement traduite en français, par l'abbé J. B. M. Roze. *Paris, Rouveyre*, 1902, 3 vol. in-8, fig., br., couvert.

491. **Zamoyski** (Comte Jean). Mémoire au sujet de la demande en cassation de mariage présentée à Rome et de la demande en divorce introduite à Paris, par sa femme, Louise Pélissier de Malakoff, fille du maréchal et de Sophie. marquise de la Paniéga. *Vienne*, 1886. 2 vol. in-12, demi-toile Bradel, coins, couvert. cons. (*Très rare*).

LITTÉRATURE FRANÇAISE

1. — Poésie.

492. **Aiol**, chanson de geste, publiée d'après le manuscrit unique de Paris, par J. Normand et G. Raynaud. *Paris, Didot*, 1877, in-8, pap. vergé, cart. toile, n. rog. — Le Roman du Saint-Graal, publié pour la première fois d'après le manuscrit de la Bibliothèque royale, par F. Michel. *Bordeaux, Faye*, 1841, in-12, pap. vergé, br. — Girard de Roussillon, chanson de geste, traduite pour la première fois, par P. Meyer. *Paris, Champion*,

1884, in-8, demi-rel. chag. vert, dos orné, tête peigne, n. rog. — La Chanson de Roland, traduction nouvelle par L. Petit de Julleville. *Paris, Lemerre*, 1878, in-8, pap. vergé, demi-rel. chag. vert, dos orné. — Ens. 4 vol.

493. **Aubigné** (Agrippa d'). Les Tragiques, donnez au public par le larcin de Promethee. *Au Dezert, par L. B. D. D.* (*le bouc du desert*), 1606, pet. in-4, demi-rel.

Edition originale, sans le feuillet d'errata.

494. **Barbey d'Aurevilly** (Jules). Poésies, commentées par lui-même. *S. l.* (*Bruxelles*), 1870, in-8, pap. vergé, demi-toile Bradel, coins, n. rog., couvert. cons.

Tiré à 72 ex. par les soins de Poulet-Malassis.

495. **Cantel** (Henri). Amour et Priapées. *Lampsaque*, 1869, in-8, pap. vergé, frontispice gravé par Félicien Rops, demi-toile Bradel, coins, n. rog., couvert. cons. — Le Roman d'une Nuit, comédie, par Catulle Mendès, avec une eau-forte de Félicien Rops. *Paris, Doucé*, 1883, in-12, pap. vergé, br., couvert. — Ens. 2 vol.

496. **Chandos**. Le Prince Noir, poëme. Texte critique suivi de Notes, par Francisque Michel. *Londres, Fotheringham*, 1883, in-4, pap. vergé, fac-simile, rel. de l'éditeur. — Le Roman du Saint-Graal, publié pour la première fois, par F. Michel. *Bordeaux, Faye*, 1841, in-12, pap. vergé, demi-rel. cuir de Russie, coins, tête dor., n. rog. — Les deux poèmes de la Folie Tristan, publiés par J. Bédier. *Paris, Didot*, 1907, in-8, pap. vergé, cart. toile de l'éditeur, n. rog. — Le Livre du chevalier de La Tour Landry pour l'enseignement de ses filles, publié par M. A. de Montaiglon. *Paris, Jannet*, 1854, in-12, pap. vergé, cart. toile, n. rog. — Ens. 4 vol.

497. **Collection Laurent**. *Bruxelles, Laurent*, 1838-1853, 19 vol. in-32, br., couvert.

Desbordes-Valmore. Les Fleurs. — Th. Gautier. La Comédie de la Mort. — Poésies de Sainte-Beuve. — Prométhée, par E. Quinet. —

Œuvres de A. Barbier. — V. Hugo: Les Burgraves; Cromwell; Théâtre. — A. Dumas. Caligula; Kean; Henri III; l'Alchimiste; Un Mariage sous Louis XV; Halifax; Les Demoiselles de Saint-Cyr; Antony; Napoléon; La Tour de Nesle; Mlle de Belle-Isle.

498. **Cros** (Charles). Le Coffret de Santal. *Paris, Lemerre*, 1873, in-12, pap. vergé, veau brun, filets, titre doré sur les plats, filets à l'intérieur, doublé de soie rose, tr. dor. (*Rosenberg*).

Edition originale. — Exemplaire dont plusieurs feuillets sont décorés d'arabesques en couleurs et en or, contenant après le titre un *Sonnet autographe de Ch. Cros à Madame Emile Gaillard*, sur un feuillet séparé.

499. **Cros** (Charles). Le Coffret de Santal. *Paris, Lemerre*, 1873, in-12, pap. vergé, maroq. fauve, compartiments de filets, dentelle et semis de fleurs couvrant le dos et les plats, dent. int., doublé de tabis bleu, tr. dor. (*Lemaire*).

Edition originale. — Exemplaire de Madame Nina de Villard à qui le livre est dédié; au-dessous de la dédicace imprimée, Charles Cros a écrit un *dizain inédit*.

500. **Cros** (Charles). Le Fleuve; eaux-fortes d'Edouard Manet. *Paris, Librairie de l'Eau-forte, s. d.*, in-4, pap. vergé, fig., demi-rel. chag. vert, dos orné, tête dor., n. rog.

Edition originale. — Exemplaire portant la signature d'Edouard Manet.

501. **Dixains** réalistes, par divers auteurs. *Paris, Librairie de l'eau-forte*, 1876, pet. in-8 oblong, frontispice gravé à l'eau-forte, cart. en vélin, n. rog.

Recueil de vers par Nina de Villard, J. Richepin, M. Rollinat, A. de Chatillon, Ant. et Ch. Cros, etc. — L'un des 25 ex. sur *papier de Chine* auquel on a réuni un *dizain autographe* de Nina de Villard et *un dessin original à la plume* (portrait de Nina), par Franz Lamy.

502. **Du Bellay**. Les Œuvres françoises de Ioachim du Bellay, gentilhomme angevin, et poète excellent de ce temps, reveuës, et de nouveau augmentées de plusieurs poésies non encores auparavant imprimées. *Paris, Fédéric Morel*, 1569, pet. in-8, veau fauve, dos orné (*Rel. anc.*).

Première édition des Œuvres complètes, publiée par G. Aubert, de Poitiers.

503. **Haraucourt** (Edmond). Le Sire de Chambley (Edmond H....). La Légende des Sexes, poëmes hystériques. *Imprimé à Bruxelles, pour l'auteur*, 1882, in-8, demi-maroq. olive Bradel, coins, dos plat orné, n. rog., couvert. cons. (*Bretault*).

Edition originale. — Bel exemplaire dans lequel on a intercalé *une lettre autographe de l'auteur à Joséphin Soulary*, et la suite des 13 figures libres, sur papier de Chine.

504. **Humilis**. Poèmes, enrichis de quatre compositions inédites d'Auguste Rodin. *Paris, La Poétique*, 1910, pet. in-4, fig., br., couvert.

L'un des 20 ex. sur *papier du Japon* imprimé pour M. Chéramy.

505. **La Fontaine**. Fables, avec les figures d'Oudry. Réimpression de l'édit. Desaint et Saillant, 1755, précédée d'une Notice par M. Anatole de Montaiglon. *Paris, Lévy*, 1886, 4 vol. in-4, fig., demi-maroq. La Vallière Bradel, n. rog., couvert. cons. (*Pagnant*).

L'un des 100 ex. sur *papier vergé* contenant les figures en *deux états*.

506. **Merlin**, roman en prose du XIIIe siècle, publié avec la mise en prose du poème de Merlin de Robert de Boron, par Gaston Paris et J. Ulrich. *Paris, Didot*, 1886, 2 vol. in-8, pap. vergé, cart. toile, n. rog. — La Chanson du Chevalier au Cygne et de Godefroid de Bouillon, publiée par G. Hippeau. *Paris, Aubry*, 1874, 2 vol. in-8, br. — Ens. 4 vol.

507. **Ronsard**. Satyres et Folastries non encore veues de P. de Ronsard, prince des poètes françois. *Paris*, 1855, pet. in-12 de 55 pages, br.

Copie faite par Prosper Blanchemain, d'après des manuscrits, à laquelle il a joint, des *Stances à Madame Marie Cabel* après l'avoir entendue à Vichy, écrites au crayon, et trois autres pièces relatives à Ronsard.

508. **Sainte-Beuve** (C. A.). Livre d'amour. Préface par Jules Troubat. *Paris, Durel*, 1904, in-8, br., couvert.

L'un des 50 ex. sur *grand papier du Japon*.

509. **Tristan**. Recueil de ce qui reste des poëmes relatifs à ses aventures, composés en français, en anglo-normand et en grec dans les XIIe et XIIIe siècles, publié par Francisque Michel. *Londres, Pickering*, 1835-1839, 3 vol. in-12, fac-simile, cart. de l'édit., n. rog.

510. **Verlaine** (Paul). Poëmes saturniens. *Paris, Lemerre*, 1866, in-12, veau fauve, compartiments de filets à froid et semis d'hermines en or couvrant le dos et les plats, dent. int., tr. dor.

Edition originale. — Bel ex. avec *dédicace autographe à Mme Nina de Callias*, auquel on a joint un portrait photographié de Verlaine portant une dédidace à la même personne.

511. **Verlaine** (Paul). Sagesse. *Paris, Palmé*, 1881, in-8, demi-rel. bas. rouge.

Edition originale. — *Dédicace autographe de Verlaine à Mlle Nina de Villars* sur la garde de l'exemplaire.

512. **Verlaine** (Paul). Dédicaces. Nouv. édit. augmentée. *Paris, Vanier*, 1894, in-12, demi-toile Bradel, coins, tête dor., n. rog., couvert. cons. (*Champs*).

Bel exemplaire, l'un des 55 sur *papier de Hollande* avec *pièce autographe de l'auteur*, dans lequel on a intercalé un portrait de Verlaine, et un *frontispice original* à *l'aquarelle* par A. des Gachons : *Verlaine à l'hôpital.*

513. **Verlaine** (Paul). Invectives. *Paris, Vanier*, 1896, in-12, br., couvert. — Confessions. Illustrations de F. A. Cazals. *Paris, La Plume*, 1899, in-12, fig., br., couvert. — Ens. 2 vol.

Editions originales.

514. **Verlaine** (Paul). Œuvres complètes. — Verlaine intime, par Ch. Donos. *Paris, Vanier*, 1900, 7 vol. in-12 carré, br., couvert.

Nous y joignons : F.-A. Cazals. P. Verlaine, ses portraits. *Paris*, 1896, in-8, fig. et fac-simile, br., couvert. (*Ex. avec portraits et documents ajoutés*).

2 — Théâtre.

515. **Acteurs et Actrices.** Réunion de 60 portraits d'acteurs des théâtres de Paris au XIXe siècle, gravés à l'eau-forte, au burin ou lithographiés, en noir ou en couleurs par C. Vernet, H. Monnier, Gaucherel, Albina, Vigneron, Abot, R. de Los Rios, Cattelain, Nargeot, H. Somm, Charlet, etc.

516. **Archives** de la Comédie-Française. — Registre de La Grange (1658-1685), précédé d'une Notice biographique (par E. Thierry). *Paris, Claye*, 1876, in-4, pap. vergé, br.

Exemplaire avec dédicace à Ch. Blanc, signée par E. Perrin et E. Got.

517. **Arnault.** Les Souvenirs et les Regrets du vieil amateur dramatique, ou Lettres d'un Oncle à son Neveu sur l'ancien théâtre français. *Paris, Leclère*, 1861, pet. in-8, pap. vergé, demi-rel. veau, tr. rouge.

Ouvrage orné de gravures coloriées, d'après les miniatures originales, faites d'après nature, de Foëch de Basle et de Whirsker.

518. **Benjamin,** Saint-Amant et Paulyanthe. L'Auberge des Adrets, drame en trois actes à spectacle. *Paris, Dubuisson et Cie, s. d.* (1823), in-8, cart., non rogné.

Bel exemplaire lavé et encollé dans lequel on a intercalé une *lettre autographe de Frédéric Lemaître.* — Nous y joignons un ex. dérelié de l'édit. originale de cette pièce, ornée d'un frontispice lithographié par Polyanthe, publiée à Paris en 1823.

519. **Capon et Yve-Plessis.** Les Petites Maisons galantes de Paris au XVIIIe siècle. — Les Maisons closes au XVIIIe siècle. — Les Théâtres clandestins. — Fille d'Opéra, Vendeuse d'amour. Histoire de Mlle Deschamps. — Vie privée du prince de Conti. *Paris*, 1903-1908, 5 vol. in-8, fig., br., couvert.

520. **Ducis** (J.-F.). Œuvres. *Paris, De Bure*, 1824-1826, 7 vol. in-18, port., veau bleu, dentelle et ornements à froid sur les plats, dos orné, tr. marb. (*Vogel*).

Bel ex. dans une jolie reliure romantique.

521. **Dumas** (Alexandre). Richard Darlington, drame en trois actes et en prose, précédé de La Maison du Docteur, prologue. *Paris, Barba*, 1832, in-8, demi-toile (*Dédicace autographe à V. Hugo sur le titre*). — L'Alchimiste, drame en cinq actes, en vers. *Paris, Dumont*, 1839, in-8, port. ajouté, demi-toile verte Bradel, n. rog. — Catilina, drame en 5 actes et 7 tableaux. *Paris, Lévy*, 1848, in-12, br., couvert. — L'Orestie, tragédie en trois actes et en vers, imitée de l'antique. *Paris, Librairie théâtrale*, 1855, in-12, br., couvert. (*Ex. sur pap. de Hollande*). — Ens. 4 vol.

Editions originales. — Nous y joignons : Alex. Dumas père, par H. Parigot. *Paris, Hachette*, 1902, in-12, port., br., couvert. (*Ex. sur pap. du Japon*).

522. **Dumas** (Alexandre). Kean, comédie en cinq actes. *Paris, Barba*, 1836, in-8, cart., n. rog.

Edition originale. — Ex. avec *dédicace autographe à Frédérick Lemaître* sur le titre ; l'encre a fortement pâli.

523. **Dumas** (Alexandre). Cagula, tragédie en cinq actes et en vers. *Paris, Marchant*, 1839. — Don Juan de Marana, mystère en cinq actes. *Paris, Marchant*, 1836. — Mademoiselle de Belle-Isle, drame en cinq actes. *Paris, Dumont*, 1839. — Catherine Howard, drame en cinq actes. *Paris, Charpentier*, 1834. Front. gr. à l'eau-forte par C. Nanteuil. — Antony, drame en cinq actes. Deuxième édition. *Paris*, 1832. — Ens. 5 pièces en 2 vol. in-8, demi-rel. bas. verte.

Edition originale des 4 premières pièces. — Dédicace autographe à l'acteur Mirecourt sur *Caligula* et *Mlle de Belle-Isle*.

524. **Dumas fils** (Alexandre). Atala, drame lyrique, musique de M. Varney. *Paris, Lévy*, 1848, br. in-8 de 16 pages.

Edition originale.

525. **Fleischmann** (Hector). Une Maitresse de Napoléon. Mademoiselle George. Préface de Jules Claretie. *Paris, Albin Michel*, 1908, in-12, fig., br., couvert.

47 exemplaires.

526. **George** (Mademoiselle). Mémoires inédits, publiés d'après le manuscrit original, par P. A. Chéramy. *Paris*, *Plon*, 1908, in-12, port. et fac-similé, br.

4 ex. sur papier de Hollande et 6 ex. sur papier vélin.

527. **Goncourt** (Ed. et J. de). Sophie Arnould, d'après sa Correspondance et ses Mémoires inédits. *Paris*, *Dentu*, 1877, pet. in-4, cadre ornementé à toutes les pages gravé sur bois par Méaulle et fig. grav. à l'eau-forte par L. Flameng, demi-rel. maroq. rouge Bradel, coins, n. rog., couvert. cons.

Bel exemplaire dans lequel on a intercalé 10 portraits : de S. Arnould, *gravé en couleurs* par Janinet; de Gluck, gravé par Quenedey; de François de Neufchateau, *gr. au pointillé* par Guérin, etc.

528. **Houssaye** (Arsène). Molière, sa femme et sa fille. *Paris*, *Dentu*, 1880, in-fol., fig., br., couvert.

L'un des 75 ex. sur papier Whatman.

529. **Janin** (Jules). Rachel et la Tragédie; ouvrage orné de dix photographies représentant Mlle Rachel dans ses principaux rôles. *Paris*, *Amyot*, 1859, gr. in-8, fig., rel. de l'éditeur, tr. dor. — H. Fleischmann. Rachel intime, d'après ses lettres d'amour et des documents nouveaux. *Paris*, *Charpentier*, 1910, pet. in-8, br., couvert. (*L'un des 10 ex. sur pap. du Japon*). — Ens. 2 vol.

530. **Lebrun** (Pierre). Marie Stuart, tragédie en cinq actes. *Paris*, *Barba*, 1820, in-8, demi-rel. chag. violet.

Exemplaire provenant de la bibliothèque de **Rachel**, la célèbre tragédienne et ayant servi à l'étude de son rôle; adjugé 80 fr. plus les frais à sa vente.

531. **Leclère** (Tristan). Les Femmes de Théâtre du XVIIIe siècle. *Paris*, *Piazza*, *s. d.*, in-4, papier vélin de cuve, fig. en couleurs, br., couvert.

532. **Levacher de Charnois**. Costumes et Annales des grands théâtres de Paris. Tome I. *Paris*, 1786, in-4, 12 pl. coloriées, demi-rel. — Costumes.... *Paris*, 1787, in-8, 37 planches

coloriées, demi-rel. — Recueil factice de 82 pl. coloriées parues dans cette publication, en 1 vol. gr. in-8, demi-toile. — Ens. 3 vol.

533. **Loliée** (Frédéric). La Comédie-Française. Histoire de la Maison de Molière, de 1658 à 1907; 34 planches sur cuivre et 200 gravures sur bois. Préface de P. Hervieu. *Paris, Laveur*, 1907, in-4, fig., br. — Histoire de l'Opéra, par A. Royer, avec 12 eaux-fortes. *Paris, Bachelin*, 1872, pet. in-8, fig., br. — Les Abonnés de l'Opéra (1783-1786), par E. Boysse. *Paris, Quantin*, 1881, in-8, fig., br. (*L'un des 25 ex. sur pap. de Chine avec les fig. en deux états*). — Ens. 3 vol.

534. **Péladan** (Joséphin). Sémiramis. — Œdipe et le Sphinx, tragédie selon Sophocle. *Beauvais, s. d.* (1897), 2 vol. pet. in-4, br., couvert.

Tiré à quelques exemplaires sur papier du Japon non mis dans le commerce et tous dédicacés : les deux volumes sont dédiés à M. Chéramy.

535. **Pougin** (Arthur). Dictionnaire historique et pittoresque du Théâtre et des Arts qui s'y rattachent; ouvrage illustré de 350 gravures et de 8 chromolithographies. *Paris, Didot*, 1885, gr. in-8, fig., br. — Adolphe Jullien. Histoire du Costume au théâtre, depuis les origines du théâtre en France jusqu'à nos jours. *Paris, Charpentier*, 1880, gr. in-8, fig., br. — La Danse grecque antique d'après les monuments figurés, par Maurice Emmanuel. *Paris, Hachette*, 1896, in-8, fig., demi-toile rouge Bradel, n. rog., couvert. cons. — Ens. 3 vol.

536. **Rachel**. Réunion de 13 vol. et brochures de différents formats relatifs à la célèbre tragédienne, par Ch. Maurice, G. d'Heilly, J. Janin, V. Thomson, A. de Faucigny-Lucinge, Fleichsmann, Beauvallet, Vedel, etc., et de 26 portraits de tous formats, gravés ou lithographiés, en noir ou en couleurs.

537. **Talma et Frédéric Lemaître**. Réunion d'environ 100 portraits de ces acteurs célèbres, gravés ou lithographiés, en noir ou en couleurs.

538. **Théâtre** (Le). *Paris, Goupil*, 1898 (origine) à 1912, 333 numéros in-fol., fig., br., couvert.

Manquent les N°s 179, 180, 182 à 190, 192, 193, 196, 197, 206 à 212, 219, 221, 222, 229, 238, 280, 290, 310 à 316, 318.

539. **Théâtre** des Boulevards, ou Recueil de Parades (par Corbie). *A Mahon* (*Paris, Langlois*), 1756, 3 vol. in-12, frontispice gravé, veau fauve, filets, dos orné, dent. int., tr. dor. (*Rel. anc.*).

3. — Prose. — Histoire et Critique littéraires.

540. **Allart de Méritens** (Hortense). Lettres inédites à Sainte-Beuve (1841-1848), avec une introduction et des notes, par L. Séché. — L. Séché. Hortense Allart de Méritens dans ses rapports avec Chateaubriand, Béranger, Lamennais, Sainte-Beuve, G. Sand, Mme d'Agoult. — Madame d'Arbouville d'après ses lettres à Sainte-Beuve (1846-1850). *Paris, Mercure de France*, 1908-1909, 3 vol. in-8, portr. et fac-simile, br., couvert.

L'un des 5 ex. *sur papier du Japon* imprimé spécialement pour M. Chéramy.

541. **Ampère** (André-Marie) et Jean-Jacques Ampère. Correspondance et Souvenirs (de 1805 à 1864), recueillis par Madame H. C. (Chevreux). *Paris, Hetzel*, 1875, 2 vol. in-12, portr., demi-rel. chag. vert, dos orné, non rogné.

Exemplaire imprimé sur *grand papier vélin fort* avec *dédicace autographe de Mme Chevreux*; très rare.

542. **Anacréon**. Odes, avec 54 compositions par Girodet; traduction d'Amb. Firmin-Didot. *Paris, Didot*, 1864, in-18, imprimé en rouge et en noir, figures photographiées, cart. toile de l'édit., n. rog.

543. **Balzac** (H. de). Pensées, Sujets, Fragmens. Edition originale, avec une préface et des notes de Jacques Crepet. Portrait

gravé à l'eau-forte par G. Noyon. *Paris, Blaizot*, 1910, gr. in-8, br., couv.

Un des 10 exemplaires sur *papier du Japon*. — Nous y joignons un lot d'environ 10 portraits de Balzac de tous formats, gravés ou lithographiés.

544. **Barbey d'Aurevilly** (J.-A.). La Bague d'Annibal. *Paris, Duprey*, 1843, pet. in-8 carré, demi-rel. maroq. grenat, coins, dos orné, tête dor., n. rog.

Edition originale tirée à 150 exemplaires.

545. **Barbey d'Aurevilly** (J.). Les Diaboliques. *Paris, Dentu*, 1874, in-12, br., couvert.

Edition originale.

546. **Barbey d'Aurevilly** (J.). Ce qui ne meurt pas. *Paris, Lemerre*, 1884, in-12, demi-rel. chag. vert, dos orné (*Dédicace autographe à Francisque Sarcey*). — Memorandum. Préface de Paul Bourget. *Paris, Rouveyre*, 1883, in-12, pap. vergé, portr., br., couvert. — Ens. 2 vol.

Editions originales. — Nous y joignons : Charles Buet. J. Barbey d'Aurevilly. *Paris, Savine*, 1891, in-12, br., couvert. (*Dédicace autographe à F. Sarcey*).

547. **Barbey d'Aurevilly** (J.). Sensation d'art. *Paris, Frinzine*, 1886, in-8, br., couvert. — Amaïdée, poème en prose. *Paris, Lemerre*, 1890, in-12, demi-toile Bradel, n. rog., couvert. cons. — Lettres à une Amie (1880-1887). *Paris*, 1907, in-12, br., couvert. (*Un des 20 ex. sur Hollande*). — H. de Balzac. Pensées et Maximes, recueillies et classées par J. Barbey d'Aurevilly. *Paris, Lemerre*, 1909, in-12, br., couvert. — Fragment. *Paris, Lemerre*, 1912, pet. in-12, br., couvert. — Ens. 5 vol.

Editions originales.

548. **Baudelaire** (Charles). Œuvres complètes. Edition définitive. Tomes I à IV. *Paris, Lévy*, 1869, 4 vol. in-12, port., br., couvert.

549. **Baudelaire** (Charles). Richard Wagner et Tannhauser à

Paris. *Paris*, *Dentu*, 1861, in-12, br., couvert. — Carnet, publié avec une introduction et des notes, par M. Féli Gautier, et orné d'un dessin inédit de Baudelaire. *Paris*, *Chevrel*, 1911, in-8, pap. vergé, demi-toile verte Bradel, n. rog.

Editions originales.

550. **Baudelaire** (Charles). Œuvres posthumes. Portrait gravé sur bois. *Paris*, *Société du Mercure de France*, 1908, in-8, br., couvert.

Un des 87 exemplaires sur *papier de Hollande* imprimé spécialement pour M. Chéramy.

551. **Béroalde de Verville**. Le Moyen de Parvenir. Nouvelle édition collationnée sur les textes anciens, avec notes, variantes, etc., par un Bibliophile campagnard. — Contes en vers imités du Moyen de Parvenir, par Autreau, Dorat, Grécourt, La Fontaine, etc., publiés par un Membre de la Société des Bibliophiles gaulois. *Paris*, *Willem*, 1870-1874, 3 vol. pet. in-8, vignettes sur bois, cart., non rog., couvert. cons.

Exemplaire sur papier de Hollande.

552. **Casanova** (J.). Mémoires de J. Casanova de Seingalt, écrits par lui-même. *Paris*, *Ponthieu*, 1826-1838, 12 vol. in-12, brochés.

Bel exemplaire. – Edition très rare.

553. **Casanova de Seingalt**. Mémoires, écrits par lui-même. *Paris*, *Paulin*, 1849, 4 vol. in-12, demi-toile. — Histoire de ma fuite des prisons de la république de Venise. Réimpression accompagnée d'un Essai de bibliographie casanovienne (par L. de Bordes de Fortage). *Bordeaux*, 1884, in-8, pap. vergé, fig., br. — Lettres de Femmes à J. Casanova. *Paris*, *Michaud*, *s. d.*, pet. in-8, fig., br. — E. Maynial. Casanova et son temps. *Paris*, 1911, in-12, br. — Les Connaissances mathématiques de J. Casanova, par Ch. Henry. *Rome*, 1883, in-4, br. — Ens. 8 vol.

554. **Casanova de Seingalt** (J.). Mémoires, écrits par lui-même,

suivis de Fragments des Mémoires du prince de Ligne. *Paris, Garnier, s. d.*, 8 vol. in-8, demi-toile Bradel, coins, n. rog.

Bel exemplaire en *papier de Hollande* auquel nous joignons la suite publiée par Barraud (18 figures) et celle de Bruxelles (12 figures), en feuilles.

555. **Cassette verte** (La) de M. de Sartine, trouvée chez Mlle du Thé (par Ticknell). *La Haye*, 1779, in-8, cart. — Le Canevas de la Paris ou Mémoires pour servir à l'histoire de l'hôtel du Roule. *A la porte de Chaillot, s. d.*, pet. in-12, pap. vergé, br. (*Réimpression*). — Le Portefeuille de Madame Gourdan dite la Comtesse. *Londres, Nourse*, 1783, in-12, br. — Le Riche de la Popelinière. Tableaux des Mœurs du temps. Notice de M. Ch. Monselet. *Paris*, 1867, 2 vol. pet. in-8, pap. vergé, br. — Ens. 5 volumes.

556. **Chambon** (Félix). Notes sur Prosper Mérimée. *Paris, Dorbon*, 1903, in-8, broché. — Pinvert (Lucien). Sur Mérimée à propos d'ouvrages récents. — Sur Mérimée à propos d'une cérémonie récente. — Un Post-scriptum sur Mérimée. *Paris, Leclerc*, 1906-1911, 3 vol pet. in-4, fig., br. — Ens. 4 volumes.

557. **Chateaubriand** (François-Auguste). Atala, ou les Amours de deux sauvages dans le désert. *Paris, Migneret*, an IX-1801, in-18, cart., n. rog.

Edition originale contenant plusieurs passages qui furent supprimés ou modifiés dans les éditions suivantes.

558. **Chateaubriand** (Fr.-Aug. de). Atala. — René. *Paris, Le Normand*, 1805, in-12, fig., demi-rel. bas.

Première édition avouée par l'auteur, ornée de 5 fig. de Garnier, gravées par Choffard.

559. **Chateaubriand**. Mémoires d'Outre-Tombe. *Paris, Dufour, Mulat et Boulanger*, 1860, 6 vol. in-8, br., couvert.

560. **Chateaubriand**. Correspondance générale, publiée avec introduction, indication des sources, notes et tables, par Louis Thomas. Tomes I et II. *Paris, Champion*, 1912, 2 vol. in 8,

br. — Les Cahiers de Madame de Chateaubriand, publiés intégralement avec introduction et notes, par J. Ladreit de Lacharrière. *Paris*, 1909, pet. in-8, port., br. — Ens. 3 vol.

561. **Choderlos de Laclos.** Les Liaisons dangereuses. *Bruxelles, Brancart*. 1885, pet. in-8, pap. vergé, eaux-fortes, demi-rel. chag. bleu, coins, tête dor., n. rog. — Lettres inédites, publiées par M. L. de Chauvigny. *Paris*, 1904, in-8, fig., br. — Poésies, publiées par A. Symons et L. Thomas. *Paris*, 1908, in 8, br. — Le Général Choderlos de Laclos, par E. Dard. *Paris*, *Perrin*, 1905, pet. in-8, portr., br. — F. Caussy. Laclos. *Paris*, 1905, in-12, br. — J. de Boisjoiin et G. Mossé. Notes sur Laclos. *Paris*, 1904, in-12, br. — Ens. 6 vol.

562. **Constant** (Benjamin). Lettres à Madame Récamier (1807-1830). — Lettres à Mme Récamier, avec introduction par Mme Louise Colet. — Journal intime et Lettres à sa famille et à ses amis. — Le Cahier rouge. *Paris*, 1882-1905, 4 vol. in-8, portr., br. — V. Glachant. B. Constant sous l'œil du guet. — G. Rudler. La Jeunesse de B. Constant. — Bibliographie critique des Œuvres de B. Constant. *Paris*, 1906-1910, 3 vol. in-8, br. — Ens. 7 vol.

563. **Delvau** (Alfred). Dictionnaire érotique moderne, par un Professeur de langue verte. *Freetown*, 1864, pet. in-12, pap. vergé, front. gravé par Félicien Rops, br.

Première édition très rare.

564. **Delvau** (Alfred). Collection des Romans de Chevalerie, mis en prose française moderne, avec illustrations. *Paris*, *Bachelin-Deflorenne*, 1869, 4 tomes en 2 vol. in-4, fig. sur bois, demi-rel. chag. rouge, tête rouge, n. rog.

565. **Derome** (L.). Causeries d'un Ami des Livres. — Les Editions originales des Romantiques. *Paris*, *Rouveyre*, *s. d.*, 2 vol. in-8, br. (*L'un des 10 ex. sur pap. du Japon*). — Champfleury. Les Vignettes romantiques, histoire de la littérature et de l'art (1825-1840). *Paris*, *Dentu*. 1883, in-4, fig., br., couvert. (*Dédi-*

cace autographe à Monselet). — A. Parran. Honoré de Balzac. *Paris, Rouquette*, 1881, gr. in-8, fig., br. — Ens. 4 vol.

566. **Diderot**. Pensées philosophiques. *La Haye*, 1746, in-12, front. gravé, veau. — Le Neveu de Rameau, satire, revue sur les textes originaux et annotée par M. Tourneux; illustrations par F.-A. Milius. *Paris, Rouquette*, 1884, in-8, pap. vergé, *fig. en deux états*, demi-toile rouge, n. rog., couvert. cons. — Mémoires, Correspondance et Ouvrages inédits, publiés d'après les manuscrits originaux. *Paris, Paulin*, 1830, 4 vol. in-8, demi-rel. veau-fauve, dos orné. — Ens. 6 vol.

567. **Dumas fils** (Alexandre). Diane de Lys. 1 vol. in-fol. de 127 feuillets, cart. toile avec ornements sur les plats.

Manuscrit autographe sur papier bleuté écrit sur le recto de chaque feuillet, terminé par cette souscription : *Commencé le 1er avril, fini le 19 avril 1848 à neuf heures du soir. A. D.* Il est précédé d'une dédicace occupant le premier feuillet de garde : *Offert à Chéramy par un ami Cher. A. Dumas.*

568. **Dumas fils** (Alexandre). Un Cas de rupture. Illustrations page à page par Eugène Courboin. *Paris, Quantin*, 1892, in-4, pap. vélin de cuve, fig., br., couvert. — Claretie (Jules). Un Livre unique. L'Affaire Clémenceau, peinte et illustrée. *Paris, Gazette des Beaux Arts*, 1880, in-4, pap. vergé, fig., br., couvert. — Ens. 2 vol.

569. **Epinay** (Madame d'). Les Conversations d'Emilie. *Paris, Belin*, 1788, 2 vol. in-12, fig. de Moreau, veau. — Mémoires. Edit. nouvelle avec des additions et des notes, par P. Boiteau. *Paris, Fasquelle, s. d.*, 2 vol. in-12, demi-rel. veau fauve. — La Jeunesse et les Dernières Années de Madame d'Epinay, par Lucien Perey et G. Maugras. *Paris, Lévy*, 1882, 2 vol. in-8, port., demi-rel. chag. vert. — A. Rey. Le Château de la Chevrette et Madame d'Epinay. *Paris, Plon*, 1904, pet. in-8, br. — Ens. 7 vol.

570. **Ferrand**. De la Maladie d'Amour, ou Melancholie erotique, discours curieux qui enseigne à congnoistre l'essence, les cau-

ses, les signes et les remedes de ce mal fantastique, par Jacques Ferrand, agenois, docteur en la faculte de medecine. *Paris, Denis Moreau*, 1623, pet. in-8, demi-rel. veau fauve, dos orné, tr. rouge (*Petit*).

571. **Flaubert** (Gustave). Salammbô. Edit. définitive avec des documents nouveaux. *Paris*, *Charpentier*, 1880, in-12, br., couvert.

L'un des 100 ex. sur *papier de Hollande*. — Nous y joignons : Flaubert, par Emile Faguet. *Paris, Hachette*, 1899, in-12, port., br., couv. (*E . sur papier du Japon*).

572. **Forberg** (Fréd.-Ch.). Manuel d'Erotologie classique (de figuris Veneris); texte latin et traduction littérale (par A. Bonneau). *Paris*, *Liseux*, 1882, 2 vol. pet. in-8, pap. vergé, br., couvert.

573. **France** (Anatole). Notice historique sur Vivant-Denon. *Paris*, *Rouquette*, 1890, br. in-8, couvert. — L'Anneau d'améthyste. *Paris*, *Lévy*, 1899, in-12, br., couvert. — Discours prononcé au diner des Amis de Montaigne. *Paris*, *Durel*, 1912, in-8, br., couvert. — Ens. 3 vol.

Editions originales.

574. **Gobineau** (Comte Arthur de). Les Adieux de don Juan, poëme dramatique. *Paris, Labitte*, 1844, gr. in-8, demi-rel. maroq. vert. — Voyage à Terre-Neuve. *Paris*, *Hachette*, 1861, in-12, br. — Les Religions et les Philosophies dans l'Asie centrale. *Paris*, *Didier*, 1866, in-12, br. — L'Aphroessa. *Paris*, *Maillet*, 1869, in-12, br. — La Renaissance, scènes historiques. *Paris*, *Plon*, 1877, in-8, br. — Amadis, poème. *Paris*, *Plon*, 1887, in-8, portr., br. — La Troisième République française et ce qu'elle vaut. *Paris*, *Plon*, 1907, in-8, br. — Correspondance entre A. de Tocqueville et A. de Gobineau, publiée par L. Schemann. *Paris*, *Plon*, 1909, in-8, br. — Ens. 8 vol.

575. **Goncourt** (Edmond et Jules de). La Peinture à l'Exposition de 1855. *Paris*, *Dentu*, 1855, in-18, br. — L'Amour au

XVIIIe siècle. *Paris, Dentu*, 1875, pet. in-8, fig., br., couvert. — La Saint-Huberty. *Paris, Dentu*, 1882, pet. in-8, fig., br., couvert. — L'Italie d'hier. *Paris, Charpentier*, 1894, in-12, br. — Sophie Arnould. *Paris, Dentu*, 1877, in-8 carré, fig., demi-toile rouge Bradel, coins, n. rog., couvert. cons. — Germinie Lacerteux. Dix compositions de Jeanniot, gravées à l'eau-forte par L. Muller. *Paris, Quantin*, 1886, in-8, pap. vélin de cuve, fig., br., couvert. — Ens. 6 vol.

Editions originales ou premiers tirages.

576. **Gordon** (Dr R.). F. Rabelais à la Faculté de Médecine de Montpellier; autographes, documents et fac-simile. *Montpellier, Coulet*, 1876, pet. in-4, pap. vergé, fig., demi-rel. maroq. rouge, coins, n. rog. — A. Heulhard. Rabelais, ses voyages en Italie, son exil à Metz. *Paris, Librairie de l'Art, s. d.*, gr. in-8, fig., br. — Revue des Etudes rabelaisiennes. *Paris*, 1910-1911, 2 vol. in-8, en livraisons. — Ens. 4 vol.

577. **Grands Ecrivains** (Les) français. *Paris, Hachette*, 1892-1902, 13 vol. in-12, fig., br.

J. de Maistre. — Montesquieu. — Mérimée. — Montaigne. — Stendhal. — A. Dumas père. — A. de Musset. — V. Hugo. — Chateaubriand. — La Rochefoucauld. — Saint-Simon. — Diderot. — A. d'Aubigné. — A. Chénier. — Flaubert.

578. **Herberay**. Histoire du tresvaillant et redouté dom Flores de Grèce, surnommé le chevalier des Cignes, second fils d'Esplandian, empereur de Constantinople, mise en françois par le seigneur des Essars Nicolas de Herberay. *Paris, Gilles Robinot*, 1573, pet. in-8, cart.

Exemplaire un peu court de marges.

579. **Heulhard** (Arthur). Rabelais, ses voyages en Italie, son exil à Metz. *Paris, Allison*, 1891, gr. in-4, fig., demi-rel. maroq. vieux rouge, coins, tête dor., n. rog., couvert. cons.

Bel exemplaire en *grand papier de Hollande* avec le portrait en *deux états*.

580. **Houssaye** (Arsène). Les Confessions, souvenirs d'un demi-

siècle (1830-1890). *Paris*, 1891, 6 vol. in-8, fig. et autographes, br.

581. **Jouy** (E.). La Galerie des Femmes. *Hambourg*, 1799, in-12, fig. libres, demi-rel. chag. rouge. tr. peigne. — Le Meursius français ou l'Académie des Dames. *Amsterdam*, 1870, 2 vol. in-12, fig., br. — Mémoires d'une Demoiselle de bonne famille, racontés par elle-même. *Londres*, 1877, in-32, br. — La Secte des Anandrynes. *Paris*, 1910, pet. in-12, br. — Ens. 5 vol.

582. **La Fayette** (Madame de). La Princesse de Clèves. Préface de H. Taine; eaux-fortes de F. Masson. — Denis Diderot. Le Neveu de Rameau. Texte revu d'après les manuscrits, par G. Isambert; eaux-fortes par Saint-Elme Gauthier. *Paris, Quantin*, 1883, 2 vol. in 8, pap. vergé teinté, filets rouges, fig., br., couvert.

583. **Lamartine**. Réunion de 13 ouvrages de différents formats relatifs à Lamartine et à ses œuvres, par Ch. de Pomairols, P. M. Masson, E. Ollivier, R. Doumic, etc., etc.

584. **Leconte de Lisle**. Hésiode. — Hymnes orphiques. — Théocrite. — Bion. — Moskhos. — Tyrtée. — Odes anacréontiques. — Eschyle; traduction nouvelle. *Paris*, *Lemerre*, 1869-1872, 2 vol. in-8, br., couvert.

Edition originale.

585. **Lespinasse** (Mlle de). Lettres, suivies de ses autres œuvres, augmentées des variantes et de nombreuses notes, par Eug. Asse. *Paris*, *Charpentier*, 1870, in-12, *pap. de Hollande*, br. — Nouvelles Lettres inédites suivies du Portrait de M. de Mora. *Paris*, *Maradan*, 1820, in-8, demi-rel. bas. — Correspondance avec le Comte de Guibert, publiée par le Cte de Villeneuve-Guibert. *Paris*, *Lévy*, 1906, in-8, br. — Le Tombeau de Mlle de Lespinasse, par d'Alembert et le Cte de Guibert. *Paris*, *Jouaust*, 1879, in-12, *pap. Whatman*, front. par Lalauze, br. — Julie de Lespinasse, par le Marquis de Ségur.

Paris, Lévy, 1905, in-8, port., br. — G. Eliac. Un Après-midi chez Mlle de Lespinasse. *Paris*, 1912, in-8, port., br. — Ens. 6 vol.

586. **Loti** (Pierre). Les Trois Dames de la Kasbah, conte oriental. *Paris, Lévy*, 1884, pet. in-8, pap. vergé, br., couvert. — Au Maroc. *Paris, Lévy*, 1890, in-12, br., couvert. (*Ex. sur papier du Japon*). — Ens. 2 volumes.

Editions originales.

587. **Louys** (Pierre). Les Chansons de Bilitis, traduites du grec pour la première fois, par P. L. *Paris*, 1895, in-8 carré, br., couvert. — Les Poésies de Méléagre. *Paris*, 1893, in-16, br., couvert. — L'Homme de Pourpre. *Paris, Borel*, 1901, in-32, fig., br., couvert. — Sanguines. *Paris, Fasquelle*, 1903, in-12, br., couvert. — Ens. 4 vol.

Editions originales. — Nous y joignons : Aphrodite, mœurs antiques, illustrations de A. Calbet. *Paris, Borel*, 1896, in-12 allongé, fig., br., couvert.

588. **Louys** (Pierre). Léda ou la Louange des bienheureuses ténèbres, avec dix dessins en couleurs, par Paul Albert Laurens. *Paris, Mercure de France*, 1898, in-4, pap. vergé, fig., br., couvert.

Edition originale.

589. **Lovenjoul** (Charles de). Histoire des Œuvres de Théophile Gautier, avec quatre portraits et deux autographes. *Paris, Charpentier*, 1895, 2 vol. in-8, portr., pap. vergé, br., couv. — Le Tombeau de Théophile Gautier. *Paris, Lemerre*, 1873, pet. in-4, pap. vergé, front. gravé par Bracquemond, demi-rel. chag. noir, plats toile. — Ens. 3 vol.

590. **Mallarmé** (Stéphane). Le « Ten o'clock » de M. Whistler. *Londres*, 1888, pet. in-8 carré, pap. vergé, br., couvert. — Les Poèmes d'Edgar Poe; traduction en prose, avec portrait et illustrations par Edouard Manet. *Paris, Vanier*, 1889, in-8, fig., br., couvert. — Pages, avec un frontispice à l'eau-forte par Renoir. *Bruxelles, Deman*, 1891, gr. in-8, pap. vergé,

demi-toile Bradel, coins, n. rog., couvert. cons. — Divagations. *Paris, Charpentier*, 1897, in-12, br., couvert. — Ens. 4 vol.

Editions originales.

591. **Maupassant** (Guy de). La Maison Tellier. *Paris, Victor Havard*, 1881, in-12, broché, couvert.

Edition originale. — Exemplaire sur *papier de Hollande* avec *dédicace autographe de l'auteur* à M. René Maizeroy.

592. **Maupassant** (Guy de). Mademoiselle Fifi. Eau-forte par Just. *Bruxelles, Kistemaeckers*, 1882, in-16, portr., demi-toile, n. rog., couvert. — La Vie errante. *Paris, Ollendorff*, 1890, in-12, br., couvert. — Ens. 2 vol.

Editions originales.

593. **Maurevert** (Georges). Légendes et Nouvelles tragiques ou folâtres. *Paris, Floury*, 1910, in-8, br., couvert. illustrée par J. Chéret. — L'Art, le Boulevard et la Vie. *Nice*, 1911, in-8, port., br., couvert. — Ens. 2 vol.

Exemplaire sur *papier du Japon* avec dédicace autographe à M. Chéramy.

594. **Mérimée** (Prosper). Théâtre de Clara Gazul, comédienne espagnole. *Paris, Sautelet*, 1830, in-8, demi-rel. chag. rouge.

Première édition complète. — Nous y joignons : P. Mérimée, l'homme, l'écrivain, l'artiste. *Paris, Journal des Débats*, 1907, in-8, pap. vélin de cuve, fig., br. — Lucien Pinvert. Sur P. Mérimée à propos d'ouvrages récents. *Paris, Leclerc*, 1907, in-8, fig., br.

595. **Mérimée** (P.). Essai sur la Guerre sociale. *Paris, Firmin-Didot*, 1841, in-8, pl., demi-rel. veau fauve, dos orné.

Edition originale.

596. **Mirabeau.** Errotika Biblion. *Paris, Lejay*, 1792, in-8, demi-rel. veau brun, coins, dos orné, n. rog. — Glossarium eroticum linguæ latinæ, auctore P. P. (Pierrugues). *Parisiis, Dondey-Dupré*, 1826, in-8, demi-rel. chag. rouge, coins, dos orné, tête

dor., n. rog. — Thesaurus eroticus linguæ latinæ, edidit Car. Rambach. *Stuttgartiæ*, 1833, in-8, demi-rel. cuir de Russie, coins, tête dor., n. rog. — Mœchialogie, traité des péchés contre les 6e et 9e commandements du Décalogue, par le Père Debreyne. *Paris, Poussielgue*, 1865, in-8, demi-toile rouge Bradel, n. rog. — Ens. 4 vol.

597. **Morenci** (Illyrine de). Zéphira et Fidgella ou les Débutantes dans le Monde. *Paris, chez l'auteur*, 1806, 3 vol. in-12, joli portrait de l'auteur par Roy, veau fauve, fil. à la Du Seuil, dos orné.

Bel exemplaire. — Roman très rare.

598. **Musset** (Alfred de). Œuvres complètes. *Paris, Charpentier*, 1867, 10 vol. in-18, fig. photographiées d'après les dessins de Bida, cart. toile de l'éditeur, non rog

599. **Musset** (Alfred de). Lettres d'amour à Aimée d'Alton, suivies de Poésies inédites (1837-1848), avec une Introduction et des Notes, par L. Séché. — Correspondance (1827-1857), recueillie et annotée par L. Séché. *Paris, Mercure de France*, 1907-1910, 2 vol. in-8, port. et fac-simile, br., couvert.

L'un des 5 ex. *sur papier du Japon* imprimé spécialement pour M. Chéramy.

600. **Nerciat** (Andréa de). Félicia ou Mes Fredaines. *Amsterdam*, 1780, 2 part. en 1 vol. in-12, titres gravés en taille-douce, veau (*Rel. anc.*). — La Galerie des Femmes, collection incomplète de huit tableaux, recueillis par un amateur (de Jouy). *Hambourg*, 1799, 2 vol. in-12, br., n. rog. — Ens. 3 volumes.

601. **Péladan** (Joséphin). Le Vice suprême. Préface de J. Barbey d'Aurevilly ; frontispice de Félicien Rops. — L'Androgyne. — La Gynandre. *Paris*, 1886-1891, 3 vol. in-12, frontispices, br., couvert.

Edition originale des deux derniers volumes. — Ex. avec *dédicaces autographes* à *M. Chéramy*.

602. **Rabelais** (François). Œuvres. *S. l.* (*Elzevier*), 1666, 2 vol.

pet. in-12, veau. — Les Epistres de Me F. Rabelais, docteur en médecine, escrites pendant son voyage d'Italie, nouvellement mises en lumière. *Paris, Ch. de Sercy*, 1651, pet. in-8, front. gravé, vélin. — Ens. 3 vol.

603. **Restif de la Bretonne.** Le Palais Royal. *A Paris, au Palais-Royal*, 1790, 3 vol. in-12, fig., br., n. rog.

Livre illustré de 3 grandes figures d'après Binet. — Bel exemplaire.

604. **Restif de la Bretonne.** Les Posthumes; lettres reçues après la mort du mari, par sa femme, qui le croit à Florence, par feu Cazotte. *Paris, Duchêne*, 1802, 4 vol. in-12, br., n. rog. — Mes Inscriptions, journal intime (1780-1787), publié avec préface, notes et index, par P. Cottin. *Paris, Plon*, 1889, in-12, pap. vergé, cart. toile, n. rog. — Restif de la Bretonne, sa vie et ses œuvres, par Ch. Monselet. *Paris, Alvarès*, 1854, in-12, pap. vergé, port., demi-rel. veau violet, n. rog. — Ens. 6 vol.

605. **Rochefort.** Opuscules de divers genres, par Madame la Comtesse de Rochefort, depuis Duchesse de Nivernois. *Paris, Didot*, 1784, in-18, maroq. rouge, filets, dos orné, dent. int., tr. dor. (*Rel. anc.*).

606. **Sade** (Marquis de). La Philosophie dans le Boudoir. *Londres*, 1795 (*Bruxelles Poulet-Malassis*), 2 vol. in-12, pap. vergé, fig., demi-rel. maroq. rouge, coins, tête dor., n. rog. — Dorci, conte inédit, publié sur le manuscrit, avec une Notice sur l'auteur (par Anatole France). *Paris, Charavay*, 1881, pet. in-8, pap. vergé, frontispice, br., couvert. — Zoloé et ses deux acolytes, avec notices biographiques et bibliographiques. *Bruxelles*, 1870, in-12, pap. vergé, front., demi-toile Bradel, n. rog. — Idée sur les Romans, publiée avec préface et notes, par O. Uzanne. *Paris, Rouveyre*, 1878, pet. in-8, br., couvert. (*Ex. sur papier Whatman*). — Le Marquis de Sade et son œuvre, par le Dr. Jacobus X. *Paris*, 1901, in-8, br. — Dr E. Duehren. Le Marquis de Sade et son temps. *Berlin, Barsdorf*, 1901, in-8, br. — La Marquise de Sade, par P. Ginisty. *Paris*, 1901, in-12, br. — Ens. 8 vol.

607. **Saint-Evremond** (de). Œuvres meslées, publiées sur les manuscrits de l'auteur. *Londres, Tonson*, 1705, 2 vol. in-4, port. et vignettes, veau fauve, tr. dor. (*Rel. anc.*).

608. **Sainte-Beuve** (C.-A.). Correspondance (1822-1869). — Nouvelle Correspondance, avec des notes de son dernier secrétaire. — Lettres à la Princesse (Mathilde Bonaparte). *Paris, Lévy*, 1877-1878, 4 vol. in-12, br., couvert.

Le dernier volume est sur *papier de Hollande avec une lettre autographe de Sainte-Beuve* relative à Stendhal ajoutée; tous les volumes ont une *dédicace autographe de M. Troubat à M. Chéramy*. — Nous y joignons : Le Livre d'or de Sainte-Beuve. *Paris*, 1904, in-4, papier vélin de cuve, fig., br. (*Ex. tiré pour la bibliothèque de M. Chéramy*). — J. Troubat. Souvenirs du dernier secrétaire de Sainte-Beuve. *Paris, Lévy*. 1890, in-12, br. (*Dédicace autographe à M. Chéramy*).

609. **Séché** (Léon). Alfred de Musset. *Paris, Mercure de France*, 1907, 2 vol. in-8, fig., br., couvert.

L'un des 10 exemplaires sur *papier du Japon* imprimé spécialement pour M. Chéramy. — Nous y joignons : Correspondance de George Sand et d'Alfred de Musset, publiée intégralement pour la première fois, par F. Decori. *Bruxelles, Deman*, 1904, in-8, fig., br., couvert. — Aug. Mailloux. Une Fille d'A. de Musset et de G. Sand. *Paris*, 1911, in-18, br.

610. **Séché** (Léon). Le Cénacle de la Muse française (1823-1827). — Victor Hugo et les Poètes. *Paris, Mercure de France*. 1908-1912, 3 vol. in-8, fig., br., couvert.

L'un des 5 ex. sur *papier du Japon* imprimé spécialement pour M. Chéramy.

611. **Séché** (Léon). Delphine Gay, Mme de Girardin, dans ses rapports avec Lamartine, V. Hugo, Balzac, Rachel, J. Sandeau, Dumas, E. Sue et G. Sand. — Les Amitiés de Lamartine; première série. — La Jeunesse dorée sous Louis-Philippe. *Paris, Mercure de France*, 1910-1911, 3 vol. in-8, fig. et facsimile, br., couvert.

L'un des 5 ex. sur *papier du Japon* imprimé spécialement pour M. Chéramy.

612. **Senac de Meilhan**. Considérations sur l'esprit et les mœurs.

Londres, 1787, in-8, demi-rel. — *Même ouvrage*, avec Notice par F. Caussy. *Paris*, *Sansot*, 1905, in-12, br. (*Un des 10 ex. sur pap. de Hollande*). — Du Gouvernement, des Mœurs et des Conditions en France avant la Révolution. *Hambourg*, 1795, in-8, demi-rel. — *Même ouvrage*, avec introduction par M. de Lescure. *Paris*, *Poulet-Malassis*, 1862, in-12, demi-rel. veau brun, dos orné, tête dor., n. rog. — Une Préface aux Annales de Tacite, avec avertissement, par C. A. Sainte-Beuve. *Paris*, 1868, in-18, pap. vergé, br. — L'Emigré, publié par C. Stryienski et F. Funck-Brentano. *Paris*, *Fontemoing*, 1904, in-8, fig., br. — Ens. 6 vol.

613. **Stendhal**. Histoire de la Peinture en Italie, par M. B. A. A. *Paris*. *Didot*, 1817, 2 vol. in-8, demi-toile rouge Bradel, tête rouge, non rog., couvert. cons.

Edition originale. — Bel exemplaire.

614. **Stendhal** (de). Rome, Naples et Florence, en 1817. *Paris*, *Delaunay*, 1817, in-8, demi-toile rouge Bradel, n. rog., couvert. cons.

Edition originale.

615. **Stendhal** (de). Racine et Shakspeare. *Paris*, *Bossange*, 1823-1825, 2 part. en 1 vol. in-8, cartonné toile.

Edition originale.

615 *bis*. **Stendhal** (de). Promenades dans Rome. *Paris*, *Delaunay*, 1829, 2 vol. in-8, fig. et cartes sur acier, demi-toile rouge Bradel, coins, tête rouge, n. rog., couvert. cons.

Bel ex. provenant de la bibliothèque de Sainte-Beuve. — Edition originale.

616. **Stendhal** (de). Romans et Nouvelles. — Nouvelles inédites. — Chroniques italiennes. — Correspondance inédite. — Chroniques et Nouvelles. — Mélanges d'art et de littérature. — Lamiel. — Napoléon. — Vie de Henri Brulard. — Lettres intimes. — Lucien Leuven. — Journal (1801-1814). — Journal d'Italie. *Paris*, 1854-1911, 14 vol. in-12, br., couvert.

Editions originales ou premières éditions collectives.

617. **Stendhal** (de). La Chartreuse de Parme. *Paris, Delahays*, 1854. — *Même ouvrage*, édit. de la *Librairie nouvelle*, 1855. — Vie de Haydn, de Mozart et de Metastase. *Paris, Lévy*, 1854. — Histoire de la Peinture en Italie. *Paris, Lévy*, 1859. — Mémoires d'un Touriste. *Paris, Lévy*, 1854, 6 vol. in-12, br., couvert. — L'Abbesse de Castro; illustrations de P. Charles, grav. par Horrie. *Paris, Lemerre*, 1894, in-32, fig. sur bois, br., couvert. (*Ex. sur papier du Japon*). — Ens. 7 vol.

618. **Stendhal**. Lucien Leuven. — Journal (1801-1814). — Vie de Henri Brulard. — Souvenirs d'Egotisme. *Paris, Dentu et Charpentier*, 1888-1893, 4 vol. in-12, br., couv.

Editions originales.

619. **Stendhal**. Le Rouge et le Noir, chronique du XIXe siècle. *Paris, Girard, s. d.*, 4 vol. pet. in-12, br., couvert.

Exemplaire sur papier du Japon.

620. **Stendhal**. Correspondance (1800-1842), publiée par Ad. Paupe et P. A. Cheramy. Préface de Maurice Barrès. *Paris, Bosse*, 1908, 3 vol. in-8, port., br., couvert.

621. **Stendhal**. Correspondance (1800-1842), publiée par Ad. Paupe et P.-A. Cheramy, sur les originaux de diverses collections. Préface de Maurice Barrès. *Paris, Bosse*, 1908, 3 vol. in-8, port., br., couvert.

L'un des 25 ex. sur *papier du Japon* avec les portraits et les cartons supplémentaires pour le tome III.

622. **Destutt de Tracy**. Commentaires sur l'Esprit des Lois de Montesquieu; suivi d'Observations inédites de Condorcet sur le XXIXe livre du même ouvrage. *Liège, Desoer*, 1817. — In Morte di Lorenzo Mascheroni, cantica di V. Monti. *Milano*, anno IX. — Ens. 2 ouvr. en 1 vol. in-8, demi-rel.

Précieux exemplaire ayant appartenu à **Stendhal** qui a écrit à l'encre des notes marginales et sur les feuillets de garde; il y a joint *un cahier de 22 pages manuscrites* de réflexions, pensées, etc.

623. **Stendhal** et ses amis, notes d'un curieux (par Henri Cordier).

Evreux, Hérissey, 1890, in-4, fig. et fac-simile d'autographes, br., couvert.

L'un des 15 exemplaires sur *papier du Japon*.

624. **Stendhal** et ses amis, notes d'un curieux (par Henri Cordier). *Evreux, Herissey*, 1890, in-4, br., couvert. — Stendhal raconté par ses amis et ses amies (par A. Cordier). *Paris, Laisney*, 1893, in-4, br., couvert. — Ens. 2 vol.

625. **Stendhal** raconté par ses amis et ses amies (par A. Cordier). *Paris, Laisney*, 1893, pet. in-4, br. — P. Brun. Henri Beyle-Stendhal. *Grenoble, Gratier*, 1900, in-8, fig., cart. de l'édit. (*L'un des 5 ex. sur pap. parcheminé*). — H. Martineau. L'Itinéraire de Stendhal. *Paris, Société des Trente*, 1912, pet. in-8, pap. vergé, br. — J. Mélia. La Vie amoureuse de Stendhal. *Paris*, 1909, in-12, br. — L'Art et la Vie de Stendhal (par Collignon). *Paris, Baillière*, 1869, in-8, br. — P. Arbelet. Stendhal a-t-il dédié à Napoléon son Histoire de la Peinture? *Paris, s. d.*, br. in-8. — Chronique stendhalienne contenant la main de Stendhal. *Milan*, 1907, in-8, fig., br. — Stendhal et l'Angleterre, par D. Gunnell. *Paris, Bosse*, 1909, in-8, br. — Ens. 8 vol.

626. **Taine** (H.). Essai sur les Fables de La Fontaine. *Paris, Ve Joubert*, 1853, in-8, demi-rel. chag. bleu, tête dor., n. rog., couvert. cons.

Edition originale.

627. **Villiers de l'Isle-Adam** (Comte de). Chez les Passants (Fantaisies, Pamphlets et Souvenirs). Frontispice de Félicien Rops. *Paris*, 1890, in-12, front., br., couvert.

Edition originale. — Ex. dans lequel on a intercalé *une lettre autographe de F. Rops* se rapportant au frontispice, et *le manuscrit autographe* de la page 20, ayant trait à Nina de Villard.

HISTOIRE ET LITTÉRATURE ÉTRANGÈRES

628. **Almanach** de Gotha. Annuaire généalogique, diplomatique et statistique. *Gotha, Perthes,* 1886-1912. 23 vol. in-12, cart. toile de l'éditeur.

Manquent les années 1903, 1904, 1909, 1910.

629. **Amari** (Michele). Storia dei Musulmani di Sicilia. *Firenze, Le Monnier,* 1854, 3 vol. in-8, vélin (*Rare*).

630. **Atlas** géographique et militaire ou Théâtre de la Guerre présente en Allemagne où sont indiqués les marches et campemens des armées depuis l'entrée des troupes françaises en Saxe en août 1756 jusqu'au commencement de 1762, par M. Rizzi Zanonni. *Paris, Lattré,* in-18, titre et cartes, maroq. rouge, filets, dos orné, tr. dor. (*Rel. anc.*).

631. **Bourscheid** (J. W.). Grande Tactique et Manœuvres de Guerre suivant les principes de Sa Majesté Prussienne, traduit de l'allemand par le chev. M*** de C***. *S. l.,* 1780, 2 tomes en 1 vol. in-4, planches, maroq. rouge, filets, dos orné, tr. dor. (*Rel. anc.*).

Bel exemplaire aux armes de Jean-Frédéric Phélypeaux, comte de Maurepas, ministre d'état.

632. **Burchardi** (Johannis) argentinensis Diarium sive Rerum urbanarum commentarii (1483-1500). Texte latin publié intégralement pour la première fois d'après les manuscrits, avec introduction, notes, appendices, tables et index, par L. Thuasne. *Paris, Leroux,* 1883, 3 vol. in-8, demi-rel. maroq. rouge, tête peigne, n. rog.

633. **Burnouf** (Emile). D'Athènes à Corinthe. — La Légende athénienne. — La Science des Religions. — Mémoires sur l'antiquité. — La Ville et l'Acropole d'Athènes. — Choix de Lettres d'Eugène Burnouf (1825-1852). *Paris,* 1856-1894, 6 vol. in-8, rel. et brochés.

634. **Byron** (Lord). Œuvres complètes, avec notes et commentaires, comprenant ses Mémoires, publiés par Thomas Moore, et ornées d'un beau portrait de l'auteur. Traduction nouvelle, par M. Paulin Paris. *Paris, Dondey-Dupré*, 1830-1831, 13 vol. in-8, portr., demi-rel. chag. grenat, non rog.

635. **Calidasa**. La Reconnaissance de Sacountala, drame sanscrit, accompagné d'une traduction française, par A. L. Chézy. *Paris, Dondey-Dupré*, 1836, in-4, br. — Rig Véda ou Livre des Hymnes, traduit du sanscrit par A. Langlois. *Paris, Maisonneuve*, 1872, gr. in-8, br. — L'Avesta, Zoroastre et le Mazdéisme, par A. Hovelacque. *Paris, Maisonneuve*, 1880, in-8, br. — Les Livres sacrés de l'Orient, traduits ou revus et corrigés par G. Pauthier. *Paris*, 1852, gr. in-8, demi-rel. chag. noir. — Le Ramayana au point de vue religieux, par C. Shœbel. *Paris, Leroux*, 1888, in-4, br. — Ens. 5 vol.

636. **Chasles** (Philarète). L'Arétin, sa vie et ses écrits. *Neuchatel*, 1873, pet. in-12, pap. vergé, demi-toile Bradel, n. rog. — La Put..n errante, de P. Aretino, fidèlement traduite de l'italien. *Neuchatel*, 1872, pet. in-12, pap. vergé, demi-toile, n. rog. — Sur les Obscénités, remarques, par P. Bayle. *Bruxelles, Gay*, 1879, in-12, br. — Les Courtisanes de la Grèce, par le Bibliophile Jacob. *Nice, Gay*, 1872, pet. in-12, demi-toile, n. rog. — Ens. 4 vol.

637. **Colonna** (Francesco). Le Songe de Poliphile ou Hypnérotomachie de frère Francesco Colonna, littéralement traduit pour la première fois, par Claudius Popelin. *Paris, Liseux*, 1883, 2 vol. in-8, fig. sur bois, demi-rel., dos et coins de mar. vert, tête dor., n. rog., couvert.

638. **Dante Alighieri**. La divina Commedia, illustrata nel luo ghi e nelle persone a cura di Corrado Ricci, con 30 eliotipie e 400 zincotipie. *Milano, Hœpli*, 1898, in-4, fig., cart. de l'éditeur, n. rog. — La Divina Commedia, illustrata dall ing. Attilio Rozzolini. *Milano, Lacroix*, 1902, pet. in-8 oblong, fig. en couleurs, rel. de l'édit. en vélin, n. rog. — Ens. 2 vol.

639. **Dante Alighieri**. La Divine Comédie; traduction nouvelle par F. Reynard. *Paris, Lemerre*, 1877, 2 vol. pet. in-12, pap. vergé, port., demi-rel. maroq. brun, coins, filets, dos orné, tête dor., n. rog. (*Petit*). — Vita nova, traduite par H. Cochin. *Paris, Champion*, 1908, in-12, br. — Histoire de Dante Alighieri, par Artaud de Montor. *Paris, Le Clère*, 1841, in-8, port., demi-toile rouge Bradel, n. rog. — P. Gauthiez. Dante. *Paris, Laurens*, 1908, in-8, planches, br. — Dante, Béatrix et la Poésie amoureuse, par R. de Gourmont. *Paris*, 1908, in-12, br. — Ens. 6 vol.

640. **Foucaux** (Ph.-Ed.). Histoire du Bouddha Sakya Mouni, traduite du tibétin. *Paris, Duprat*, 1860, in-4, fig., br. — L'Inde après le Bouddha, par E. Lamairesse. *Paris, Carré*, 1892, in-12, br. — Le Mahadharata. Onze épisodes de ce poème épique, traduits du sanscrit par P. E. Foucaux. *Paris, Duprat*, 1862, in-8, br. — Le Bouddha et le Bouddhisme, par C. Schœbel. *Paris, Duprat*, 1857, in-8, br. — Le Dhamma pada, avec introduction et notes, par F. Hu. *Paris, Leroux*, 1878, in-18, br. — Ens. 5 vol.

641. **Galippe** (Dr V.). L'Hérédité des Stigmates de Dégénérescence et les Familles souveraines. *Paris, Masson*, 1905, pet. in-4, fig., br. — Pathologie mentale des Rois de France, Louis XI et ses ascendants, par Aug. Brachet. *Paris, Hachette*, 1903, in-8, br. — Dr. O. Rubbrecht. L'Original du type familial de la Maison de Habsbourg. *Bruxelles, Van Œst*, 1910, pet. in-4, fig., br. — Ens. 3 vol.

642. **Gebhart** (Emile). Florence. *Paris, Laurens*, 1906, pet. in-4, fig., cart. toile de l'éditeur. — Essai sur la Peinture de genre dans l'antiquité. *Paris, Imprimerie impériale*, 1868, in-8, br., couvert. — Rabelais. *Paris, Lecène*, 1895, in-8, br., couvert. — Autour d'une Tiare. — Sandro Botticelli. *Paris*, 1894-1907, 2 vol. in-12, br., couvert. — Ens. 5 vol.

Editions originales.

643. **Gebhart** (Emile). De l'Italie. — Rabelais, la Renaissance et

la Réforme. - Les Origines de la Renaissance en Italie. — Autour d'une Tiare. — Moines et Papes. — Au Son des Cloches. *Paris, Hachette*, 1877-1898, 5 vol. in-12, br., couvert.

Editions originales.

644. **Gœthe.** Œuvres. *Paris, Charpentier*, 1863-1880, 13 vol. in-12, demi-rel. chag. rouge, dos orné. — Maximes et Réflexions, trad. pour la première fois par S. Sklower. *Paris, Brockaus*, 1842, in-12, br. — Des Hommes célèbres de la France au XVIIIe siècle, trad. par MM. de Saur et de Saint-Geniès. *Paris, Renouard*, 1823, in-8, port., demi-rel. chag. vert, tête dor., n. rog. — Ens. 15 vol.

645. **Gœthe** (J.-W.). Faust, traduction nouvelle par C. Benoit; préface par A. France. *Paris, Lemerre*, 1891, 2 vol. pet. in-12, port., demi-rel. chag. Bradel, dos orné, tête rouge, n. rog., couvert. — Faust, traduction par S. Paquelin. *Paris, Lemerre, s. d.*, 2 vol. in-8, br. — Ses Mémoires et sa Vie, par H. Richelot. *Paris, Hetzel*, 1863, 4 vol. in-8, br. — Poésies, traduites par H. Blaze. *Paris*, 1843, in-12, demi-rel. chag. rouge. — A. Séché et J. Bertaut. Gœthe. *Paris, Michaud, s. d.*, in-12, fig., br. — Ens. 10 vol.

646. **Goyau** (Georges). Bismarck et l'Eglise. Le Culturkampf, 1870-1878. *Paris, Perrin*, 1911, 2 vol. in-12, br., couvert.

Un des 10 exemplaires sur *papier de Hollande* avec *envoi autographe de l'auteur à M. Chéramy.*

647. **Gregorovius** (F.). Storia della Citta di Roma nel medio evo dal secolo XVI. Prima traduzione italiana dell'avv. R. Manzato. *Venetia, Antonelli*, 1872-1876, 5 vol. in-12, demi-rel. vélin, avec coins.

648. **Gregorovius** (F.). Lucrèce Borgia, trad. de l'allemand, par P. Regnaud. *Paris, Sandoz*, 1876, 2 vol. in-8, br. — Charles Yriarte. Autour des Borgia, études d'histoire et d'art. *Paris, Rothschild*, 1891, gr. in-4, fig. en noir et en couleurs, br. — Ens. 3 vol.

649. **Kama Sutra** (Le) de Vatsyayana. Manuel d'Erotologie hindoue, traduit sur la première version anglaise, par Isidore Liseux. *Paris, Imprimé à deux cent vingt exemplaires*, 1885, in-8, pap. vergé, br., couvert.

650. **Kama Soutra** (Le), traduit par E. Lamairesse. *Paris*, 1891, in-8, demi-rel. chag. La Vallière, tête dor., n. rog. — Rauzat us Safa (Jardin de pureté), trad. par E. Lamairesse. *Paris, s. d.*, in-8, br. — El Ktab, des lois secrètes de l'amour, trad. par P. de Regla. *Paris*, 1893, in-8, cart. en vélin, tête rouge, n. rog. — Bagneux de Villeneuve. Le Baiser. *Paris*, 1906-1908, 2 vol. in-8, br. — Anthologie de l'Amour arabe, par F. de Martino. *Paris*, 1902, in-12, br. — Les Courtisanes grecques, par E. Deschanel. *Paris, Lévy*, 1859, in-18, br. — Dr. Tresmin. La Cité d'amour au Japon. *Paris, s. d.*, in-12, br. — Ens. 8 vol.

651. **Lavisse** (Ernest). La Jeunesse du Grand Frédéric. — Le Grand Frédéric avant l'avènement. *Paris, Hachette*, 1891-1893, 2 vol. in-8, br. — Geschichte Friedrichs des Grossen, geschrieben von F. Kugler, gezeichnet von Adolf Menzel. *Leipzig, Mendelssohn*, 1876, in-8, fig. sur bois, br., couvert. — Ens. 3 vol.

652. **Mirabeau** (Comte de). De la Monarchie prussienne sous Frédéric le Grand. *Londres*, 1788, 8 vol. in-8, cart., n. rog., et atlas de cartes, demi-rel. veau marb., dos orné, n. rog.

653. **Mirabeau**. Histoire secrète de la Cour de Berlin. *Paris, Glomeau, s. d.*, in-8, pet. tr., br., couvert. (*Ex. sur papier de Hollande*). — Souvenirs sur Mirabeau et sur les deux premières assemblées législatives, par Etienne Dumont. *Paris, Gosselin*, 1832, in-8, demi-rel. dos et coins de veau bleu, tr. marb. — Ens. 2 vol.

654. **Mommsen** (Théodore). Histoire romaine, traduite par C. A. Alexandre. *Paris, Hérold*, 1863-1872, 8 vol. in-8, demi-rel. veau.

655. **Procope**. Anekdota ou Histoire secrète de Justinien, par le sénateur Procope de Césarée, traduite par M. Isambert. *Paris, Didot*, 1856, 2 vol. in-8, cartes, br., couvert. (*Rare*).

656. **Rodocanachi** (E.). La Femme italienne à l'époque de la Renaissance. Sa Vie privée et mondiale; son influence sociale. *Paris, Hachette*, 1907, in-4, fig., br., couvert.

657. **Rodocanachi** (E.). Rome au temps de Jules II et de Léon X. — Le Château Saint-Ange. *Paris, Hachette*, 1910-1911, 2 vol. in-4, fig. br., couvert.

658. **Salluste**. Histoire de la République romaine dans le cours du VIIe siècle, en partie traduite du latin sur l'original, par le président Ch. de Brosses. *Dijon, Frantin*, 1777, 3 vol. in-4, portr. gravé par S. Aubin d'après Cochin et fig., veau fauve, dos orné; fil. (*Rel. anc.*).

659. **Savonarola** (Fra Gieronimo). Prediche sopra l'Esodo et questi Salmi In exitu Israël, con una Esortatione fatta el popolo fiorentino, con tre prediche sopra la historia de' Gedeone. *Venetia*, 1540. Vignette sur le titre. — Oracolo della Renovatione della Chiesa secondo la dottrina del Rev. P. F. Hieronimo Savonarola da Ferrara. *Vinetia*, 1543. Portrait de Savonarole gravé sur bois. — Ens. 2 ouvr. en 1 vol. pet. in-8, vélin.

Taches dans le bas des derniers feuillets du second ouvrage.

660. **Schlumberger** (Gustave). Un Empereur byzantin au Xe siècle. Nicephore Phocas. *Paris, Didot*, 1890, gr. in-8, fig. en noir et en couleurs, br., couvert. (*Rare*).

661. **Schlumberger** (Gustave). L'Epopée byzantine à la fin du Xe siècle. *Paris, Hachette*, 1896, in-4, carte et fig., br., couvert.

662. **Shakespeare**. Œuvres complètes. Traduction entièrement revue sur le texte anglais par M. Francisque Michel, et précédée de la vie de Shakespeare, par Thomas Campbell. *Paris*,

Didot, 1855, 3 vol. gr. in-8, demi-rel. veau, tête dor., n. rog. — Galerie des Femmes de Shakespeare, collection de 45 portraits gravés par les premiers artistes de Londres, enrichie de notices critiques et littéraires. *Paris*, *Delloye*, *s. d.*, gr. in-8, fig. sur acier, demi-rel. chag. La Vallière, dos plat orné, tête dor., n. rog. — Ens. 4 vol.

663. **Shakespeare**. Œuvres complètes, traduites par Emile Montégut. *Paris*, *Hachette*, 1867-1870, 3 vol. in-4, fig. sur bois, br., couvert.

664. **Shakespeare** (William). Œuvres dramatiques. Traduction nouvelle par Georges Duval. *Paris*, *Flammarion*, *s. d.*, 8 vol. in-12, fig., br. — Georges Duval. L'Œuvre shakespearienne, son histoire (1616-1910). *Paris*, *Flammarion*, *s. d.*, in-12, br. — Shakespeare, ses œuvres et ses critiques, par A. Mézières. *Paris*, *Charpentier*, 1860, in-8, demi-toile. — Ens. 10 vol.

665. **Sismondi** (J. C. L. Simonde de). Histoire des Républiques italiennes du Moyen Age. Nouvelle édition. *Paris*, *Furne*, 1840, 10 vol. in-8, fig. sur acier, br., couvert.

666. **Trelawney**. Mémoires d'un Cadet de Famille, par Trelawney, compagnon et ami de Lord Byron, traduit par Floran. *Paris*, *Dumont*, 1833, 3 vol. in-8, cart. toile, non rog.

Bel exemplaire, lavé et encollé.

667. **Triumph** des Kaisers Maximilian I. 137 tafeln. — Ehrenforte des Kaisers Maximilian I. 36 tafeln. *Wien*, 1883-1886, gr. in-fol., fig., dans 4 cartons.

Réimpression de ce chef-d'œuvre de l'école allemande de la gravure sur bois au XVIe siècle. — Nous y joignons : Tableaux de la Civilisation et de la Vie seigneuriale en Allemagne, d'après un manuscrit allemand du XVe siècle. *Paris*, *Quantin*, 1885, in-fol., pap. vergé, fig., br.

668. **Villehardouin** (Geoffroi de). Conquête de Constantinople, avec la continuation de Henri de Valenciennes. Texte original,

accompagné d'une traduction, par M. Natalis de Wailly. *Paris, Didot*, 1874, gr. in-8, fig., br., couvert.

Exemplaire en papier vélin de cuve.

669. **Yriarte** (Charles). Les Borgia. César Borgia, sa vie, sa captivité, sa mort. — Autour des Borgia. *Paris, Rothschild*, 1889-1891, 3 vol. in-8 et gr. in-4, fig., br., couvert.

670. **Yriarte** (Charles). Un Condottière au xve siècle. Rimini, études sur les lettres et les arts à la cour des Malatesta, avec 200 dessins d'après les monuments du temps. *Paris, Rothschild*, 1882, gr. in-4, fig., demi-rel. chag. rouge, coins, n. rog. — Françoise de Rimini dans l'histoire. *Paris, Rothschild*, 1883, pet. in-8, pap. du Japon, fig., br. — La Vie d'un Patricien à Venise au xvie siècle, d'après les papiers d'état des Frari, avec 136 gravures et 8 planches. *Paris, Rothschild, s. d.*, gr. in-8, fig., br. — Ens. 3 vol.

HISTOIRE DE FRANCE

671. **Aubigné** (d'). Histoire universelle. Seconde édition augmentée de notables histoires entières et de plusieurs additions et corrections faites par le même auteur. *Amsterdam, Pour les héritiers de Hier. Comelin*, 1626, 3 tomes en 1 vol. pet. in-fol., vélin de Hollande (*Rel. anc.*).

Quelques taches dans le bas de plusieurs feuillets.

672. **Biré** (Edmond). La Légende des Girondins. — Etudes et Portraits. — Causeries historiques. — Nouvelles Causeries historiques et littéraires. — Chateaubriand, V. Hugo, H. de Balzac. — V. Hugo après 1852. *Paris*, 1881-1907, 7 vol. in-12 et in-8, br.

673. **Bois-Jourdain** (de). Mélanges historiques, satiriques et

anecdotiques, contenant des détails ignorés sur les événemens et les personnes de la fin du règne de Louis XIV et de la Régence. *Paris, Chevré*, 1807, 3 vol. in-8, cart., n. rog. — Paris, Versailles et les Provinces au XVIIIe siècle, par un ancien officier aux gardes-françaises (Dugast de Bois St-Just). *Paris, Nicolle*, 1809, 2 vol. in-8, veau. — Ens. 5 vol.

674. **Bonnal** (Général H.). L'Esprit de la Guerre moderne. La Manœuvre de Saint-Privat (18 juillet-18 août 1870). — La Manœuvre d'Iéna. *Paris, Chapelot*, 1904-1906, 3 vol. in-8, plans, brochés.

675. **Bouchot** (Henri). Catherine de Médicis. *Paris, Boussod*, 1899, in-4, portr. et fig., broché.

676. **Buchon** (J. A. C.). Recherches et Matériaux pour servir à une histoire de la domination française aux XIIIe, XIVe et XVe siècles dans les provinces démembrées de l'empire grec à la suite de la IVe croisade. *Paris, Desrez*, 1840, 2 part. en 1 vol. gr. in-8, pl., demi-rel. chag. noir. — Chroniques étrangères relatives aux expéditions françaises pendant le XIIIe siècle, publiées pour la première fois, élucidées et traduites par J. A. C. Buchon. *Paris, Desrez*, 1841, gr. in-8, demi-rel. maroq. rouge, dos orné, tr. peigne. — Ens. 2 vol.

677. **Bultheel** (Cyrille). Les Grands Châteaux de France. — Principaux Châteaux de l'Ile de France, avec 81 illustrations phototypiques de Augustin Boutique. *Douai, Dutilleux*, 1897, 2 vol. in-8, fig., demi-rel. chag. rouge.

678. **Cabanès** (D^r). Les Indiscrétions de l'Histoire. — Les Curiosités de la Médecine. — Mœurs intimes du Passé. — Le Cabinet secret de l'Histoire. — Poisons et Sortilèges, tome II. — Les Morts mystérieuses de l'histoire. *Paris, s. d.*, 14 vol. in-12 et in-8, fig., br.

Le *Cabinet secret* a les tomes II à IV sur *papier de Hollande*.

679. **Campardon** (Emile). Le Tribunal révolutionnaire de Paris. *Paris, Plon*, 1866, 2 vol. in-8, br. — Liste des Victimes du Tribunal révolutionnaire de Paris. *Paris, Picard*, 1911, in-8,

br. — Notes et Documents sur Fouquier-Tinville, publiés par G. Lecocq. *Paris, Jouaust*, 1885, in-8, br. — Ens. 4 vol.

680. **Cérémonial** de l'Empire français, suivi d'une table analytique des matières, par L. I. P***** (Prudhomme), avec les portraits en pied de l'Empereur, de l'Impératrice et du Pape, revêtus de leurs habits de cérémonies, coloriés. *Paris*, 1805, in-8, fig., demi-rel. maroq. vert, coins, dos plat orné de fers emblématiques, tête dor., n. rog. (*Pouillet*).

681. **Chronique** arétine, ou Recherches pour servir à l'histoire des mœurs du XVIIIe siècle. *A Caprée*, 1789, in-8, br., n. rog. — Journal des Inspecteurs de M. de Sartine (1761-1764). *Bruxelles, Parent*, 1863, in-12, br., couvert. (*Ex. sur papier teinté*). — Le Parc aux Cerfs, ou l'Origine de l'affreux déficit, par un zélé patriote. *Paris*, 1790, in-8, fig., demi-rel. chag. vert, dos orné, tr. peigne (*La figure de Peixotte est réimprimée*). — Ens. 3 vol.

682. **Chronique** (La) scandaleuse. *Paris, Denné, s. d.* (1791), 33 n[os] en 1 vol. in-8, demi-toile Bradel, n. rog.

Collection complète de ce journal satyrique rédigé par Champcenetz, Rivarol et Jourgniac de Saint-Méard ; très rare. — Bel exemplaire.

683. **Crétineau-Joly** (J.). Histoire de la Vendée militaire. 2e édit. augmentée de plus de 1.000 pages de nouveau texte. *Paris, Gosselin*, 1843, 4 vol. in-12, demi-rel. — Histoire des Guerres de la Vendée comprenant l'Histoire de la Révolution dans la Bretagne, l'Anjou, le Poitou, le Maine et la Normandie, par Pitre-Chevalier, illustrée par Leleux, Penguilly, T. Johannot. *Paris, Didier*, 1851, gr. in-8, fig., demi-rel. chag. noir. — Ens. 5 volumes.

684. **Dayot** (Armand). De la Régence à la Révolution. — La Révolution française. — Napoléon. — La Restauration. — Journées révolutionnaires. — Le Second Empire. — L'Invasion, d'après des peintures, gravures, photographies, sculptures, médailles, autographes, objets du temps. *Paris, Flammarion, s. d.*, 7 vol. in-fol. oblong, fig., cart. de l'éditeur.

685. **Dayot** (Armand). Napoléon raconté par l'image, d'après les sculpteurs, les graveurs et les peintres. *Paris, Hachette*, 1895, in-4, portr. et fig., demi-rel. dos et coins de mar. vert, dos orné d'N couronnés, tête dor., non rog., couv.

Bel exemplaire avec *envoi autographe de l'auteur à M. Chéramy.*

686. **Delaborde** (H. François). L'Expédition de Charles VIII en Italie, histoire diplomatique et militaire. *Paris, Firmin-Didot*, 1888, in-4, fig., br., couvert.

687. **Essais historiques** sur la Vie de Marie-Antoinette d'Autriche, reine de France (attribué à Goupil ou à Brissot). *Londres, Stampe*, 1789, 2 part. en 1 vol. in-8, port. de la reine, demi-rel. veau. — Facéties révolutionnaires sur Madame de Polignac, avec une notice historique. *Neuchatel, Gay*, 1872, pet. in-12, pap. vergé, br. — Almanach des Honnêtes Femmes pour l'année 1790, avec une gravure satyrique originale du temps sur la duchesse de Polignac. *De l'imprimerie de la Société joyeuse*, in-8, pap. vergé, br. — Portefeuille d'un Talon rouge. *Manuscrit* pet. in-4. — La Chasse aux bêtes puantes et féroces. *Paris*, 1789, in-8 de 32 pages. — Réclamations des Courtisanes parisiennes. *Londres*, 1875, in-18, pap. vergé, br. (*Réimpression*). — Ens. 6 vol.

688. **Etrennes** à la Vérité, ou Almanach des Aristocrates, orné de deux gravures en taille-douce, pour la présente année, seconde de la liberté 1790. *A Spa, chez Clairvoyant, s. d.*, in-8, fig., cart., n. rog.

Pamphlet satirique et libertin rare.

689. **Fieffé** (Eugène). Napoléon et la Garde impériale; dessins par Raffet. *Paris, Furne*, 1859, in-4, fig. en couleurs, demi-rel. chag. La Vallière, dos orné, plats toile, tr. dor.

690. **Fusil** (Madame). L'Incendie de Moscou, la petite orpheline de Wilna, passage de la Bérésina, et retraite de Napoléon jusqu'à Wilna. 2e édit. revue, corrigée et augmentée. *Paris, Pillet*, 1817, in-8, br., n. rog.

Très rare. — Nous y joignons un ex. de la réimpression faite à Paris dans ces dernières années.

691. **Galerie** militaire de Napoléon Bonaparte, recueil de tous les tableaux et monumens où sont représentés les principaux événemens de sa carrière militaire. *Paris, Panckoucke*, 1821, in-fol. oblong, fig., en 5 livraisons.

692. **Gautier** (Hippolyte). L'an 1789. Evénements, mœurs, idées, œuvres et caractères, avec 650 reproductions de vignettes, d'estampes et de tableaux de l'époque. *Paris, Delagrave, s. d.*, in-4, fig., demi-rel. chag. vieux rouge, coins, tête dor., n. rog.

693. **Généraux** et Chefs de la Vendée militaire et de la Chouannerie, suivis de la Liste alphabétique des chefs de division, officiers, 1793, 1799, 1815, 1832. *Paris, Retaux-Bray*, 1887, in-fol., portraits, br.

694. **Goncourt** (Edmond et Jules de). La Femme au XVIIIe siècle. Nouv. édit. revue, augmentée et illustrée de 64 reproductions sur cuivre par Dujardin, d'après des originaux de l'époque. *Paris, Didot*, 1887, in-4, fig. en noir et en couleurs, rel. de l'éditeur en demi-chag., pl. toile, tr. dor.

695. **Goncourt** (E. et Jules de). Madame de Pompadour. Nouvelle édition, revue et augmentée de lettres et documents inédits; illustrée de cinquante-cinq reproductions sur cuivre, par Dujardin, et de deux planches en couleurs, par Quinsac. *Paris, Firmin-Didot et Cie*, 1888, in-4, portr. et fig., demi-rel., dos et coins de mar. rouge, dos orné, tête dor., non rogné.

696. **Goncourt** (E. et J. de). Histoire de Marie-Antoinette. Edition ornée d'encadrements à chaque page par Giacomelli, et de douze planches hors texte, reproductions d'originaux du XVIIIe siècle. *Paris, Charpentier*, 1878, in-4, portr. et fig., cartonnage de l'éditeur.

697. **Goncourt** (Edmond et Jules de). Histoire de la Société française pendant la Révolution. *Paris, Quantin*, 1889, in-4,

figures en noir et en couleur, demi-rel. dos et coins de chag. rouge, dos orné, tête dor., non rogné, couvert.

698. **Grand-Carteret** (John). XIXe siècle (en France). Classes, mœurs, usages, costumes, institutions. *Paris, Didot*, 1893, gr. in-8, fig. en noir et en couleurs, br., couvert. — Le Luxe français. L'Empire, par Henri Bouchot; illustration documentaire d'après les originaux de l'époque. *Paris, s. d.*, gr. in-8, fig. en noir et en couleurs, demi-rel. chag. vert, coins, dos orné, tête dor., n. rog. — Ens. 2 vol.

699. **Grand-Carteret** (John). L'Aiglon en images et dans la fiction poétique et dramatique, avec 146 reproductions de portraits et estampes. *Paris, Charpentier et Fasquelle*, 1901, in-8, fig., br., couvert.

L'un des 100 exemplaires sur grand papier vélin avec les figures en couleurs.

700. **Grand Siècle** (Le). *Paris, Hachette*, 1902, gr. in-8, fig., br., couvert. — Le XVIIIe siècle. *Paris, Hachette*, 1900, gr. in-8, fig., demi-rel. chag. rouge, coins, tête dor., n. rog., couvert. cons. — Le XIXe siècle. *Paris, Hachette*, 1901, gr. in-8, fig., br., couvert. — Ens. 3 vol.

701. **Grandes Chroniques** (Les) de France, selon que elles sont conservées en l'église de Saint-Denis en France, publiées par M. Paulin Paris. *Paris, Techener*, 1836-1838, 6 vol. pet. in-8, fig., demi-rel. mar. rouge, tête dor., non rog.

702. **Guerre Franco-Allemande** (La) de 1870-1871, rédigée par la Section historique du grand état-major prussien. Traduction par le capitaine E. Costa de Serda. *Paris, Dumaine*, 1874-1882, 5 vol. in-8, demi-rel. veau fauve, non rog., les cartes sont collées sur toile et renfermées dans deux cartons.

703. **Halévy** (Ludovic). Notes et Souvenirs de Mai à Décembre 1871. *Paris, Boussod, Valadon et Cie*, 1888, gr. in-4, fig., br., couvert.

Edition originale. — Exemplaire imprimé sur *papier du Japon.*

704. **Hauréau** (B.). La Montagne. Notices historiques et philosophiques sur les principaux membres de la Montagne, avec leurs portraits, gravés à l'eau-forte par Jeanron. *Paris*, *Bréauté*, 1834, in-8, portr., br., couvert.

705. **Histoire** du Couronnement, ou Relation des Cérémonies religieuses, politiques et militaires, qui ont eu lieu pendant les jours mémorables consacrés à célébrer le couronnement et le sacre de S. M. I. Napoléon Ier, empereur des Français. *Paris*, *Debray*, 1805, in-8, portraits des membres de la famille impériale gr. par Simon, d'après Desnoyers, veau rac., dentelle sur les plats, semis d'abeilles sur le dos, dent. int., tr. dor. (*Lefebvre*).

Bel exemplaire en *papier vélin*.

706. **Iconographie** de la reine Marie-Antoinette. Catalogue descriptif et raisonné de la collection de portraits, pièces historiques et allégoriques, caricatures, etc., formée par Lord Ronald Gower. *Paris*, *Quantin*, 1883, in-4, pap. vergé, fig. en noir et en couleurs, br., couvert.

707. **Jullian** (Camille). Histoire de la Gaule. *Paris*, *Hachette*, 1908-1909, 3 vol. in-8, br., couvert.

708. **Lachize** (Henri). Une Amazone sous le premier empire, illustré de 36 compositions par Charles Thevenin; préface de Jules de Marthold. *Paris*, *Carrington*, 1902, in-8, fig., demi-rel. veau vert, dos orné, tête dor., non rogné, couvert. cons.

Exemplaire sur papier vergé dans lequel on a intercalé 12 portraits gravés ou lithographiés.

709. **Larchey** (Lorédan). Les Cahiers du Capitaine Coignet (1776-1850), publiés d'après le manuscrit original, illustrés par J. Le Blant. *Paris*, *Hachette*, 1888, gr. in-4, fig., br., couvert.

710. **Las Cases** (Cte de). Mémorial de Sainte-Hélène, suivi de Napoléon dans l'exil, par MM. O' Méara et Antomarchi. *Paris*, *Bourdin*, 1842, 2 vol. gr. in-8, fig., demi-rel. veau brun.

Premier tirage de ce livre illustré par Charlet.

711. **Lauzun** (de). Mémoires du duc de Lauzun (1747-1783), publiés pour la première fois avec les passages supprimés, les noms propres, une étude sur la vie de l'auteur, des notes et une table générale, par Louis Lacour. *Paris*, *Poulet-Malassis*, 1858, in-12, demi-rel. maroq. rouge, dos orné, tête dor., n. rog., couv.

L'un des 10 exemplaires sur *papier de Hollande* portant sur le faux-titre une dédicace de Louis Lacour à René Pincebourde.

712. **Marty** (André). La Dernière Année de Marie-Antoinette. Le Temple. La Conciergerie. — L'Exécution. — La Mort. — 14 Août 1792. — 16 Octobre 1793. Fac-simile de soixante documents et estampes du temps. *Paris*, *Champion*, 1907, in-4, fig. et fac-similé, broché.

713. **Masson** (Frédéric). Livre du Sacre de l'empereur Napoléon. *Paris*, *Goupil*, 1908, in-4, pap. vélin, fig. en couleurs, br., couv., étui.

714. **Masson** (Frédéric). Napoléon et son fils. *Paris*, *Manzi*, *Joyant et Cie*, 1904, in-4, port. et fig., broché.

715. **Masson** (Frédéric). Joséphine, impératrice et reine. *Paris*, *Goupil*, 1899, in-4, fig., br., couvert.

716. **Masson** (Frédéric). L'Impératrice Marie-Louise. *Paris*, *Manzi*, *Joyant*, 1902, in-4, port. et fig., broché.

717. **Méry** (C. de). Mémoires d'un Officier français prisonnier en Espagne, ou Relation circonstanciée de la captivité du corps de l'armée française sous les ordres du lieutenant-général Dupont dans l'Andalousie et sur les pontons, à Cadix, en 1808, par un officier de la garde royale. *Paris*, *Boulland*, 1823, in-8, br. (*Rare*).

718. **Mirecourt** (Eug. de). Les Contemporains. *Paris*, *Havard*, 1854-1856, 16 vol. in-18, portraits, demi-rel. bas. verte.

719. **Napoléon**. *Paris*, *Bureaux de la Vie contemporaine*, 1894,

in-8, *pap. du Japon*, fig., br. — F. Masson. Napoléon. 12 illustrations de Myrbach. *Vienne, Munk, s. d.*, in-4, fig. en couleurs, br. — A. Dayot. Napoléon. *Paris, Flammarion, s. d.*, 2 vol. in-fol. oblong, fig., rel. en basane verte, chiffre couronné sur les plats, n. rog. — Ens. 4 vol.

720. **Norvins** (de). Histoire de Napoléon; vignettes par Raffet. *Paris, Furne*, 1839, gr. in-8, fig. sur bois, demi-rel. chag. rouge, coins, filets, dos orné.

Premier tirage.

721. **Panthéon** des Illustrations françaises au XIXe siècle, comprenant un portrait, une biographie et un autographe de chacun des hommes les plus marquants dans l'administration, les arts, l'armée, le barreau, le clergé, l'industrie, les lettres, etc., publié sous la direction de Victor Frond. *Paris, Pilon*, 1865-1873, 17 vol. in-fol., demi-rel. chag. vert, dos orné, tr. dor.

Ouvrage orné de 600 portraits lithographiés.

722. **Percier et Fontaine**. Description des Cérémonies et des Fêtes qui ont eu lieu pour le Couronnement de leurs Majestés Napoléon, empereur des Français et roi d'Italie, et Joséphine, son Auguste Epouse. Recueil de décorations exécutées dans l'Eglise Notre-Dame de Paris et au Champ de Mars, d'après les dessins et sous la conduite de E. Percier et P. F. L. Fontaine, architectes de l'empereur. *Paris, Leblanc*, 1807, gr. in-fol., 12 planches, chagrin vert, dos orné, non rogné.

723. **Peyre** (Roger). Napoléon Ier et son temps. Ouvrage illustré de 13 planches en couleurs et 431 gravures et photogravures. *Paris, Didot*, 1888, gr. in-8, fig., br., couvert.

724. **Pitre-Chevalier**. Histoire des Guerres de la Vendée, comprenant l'Histoire de la Révolution dans la Bretagne, l'Anjou, le Poitou, le Maine et la Normandie, précédée des préliminaires de la révolution en Bretagne. *Paris, Didier*, 1851, gr. in-8, fig. sur bois et sur acier, demi-rel. dos et coins de mar. bleu, dos orné, non rogné, couvert. cons.

Bel exemplaire.

725. **Richelieu** (Cardinal de). Lettres, Instructions diplomatiques et Papiers d'état, recueillis et publiés par M. Avenel. *Paris, Imprimerie impériale*, 1853-1877, 8 vol. in-4, cart., n. rog. — Maximes d'état et Fragments politiques, publiés par M. Gabriel Hanotaux. *Paris*, 1888, in-4, br. — Ens. 9 vol.

726. **Romain** (Cte de). Souvenirs d'un Officier royaliste comprenant ses voyages en Corse et en Italie, son émigration, ses campagnes à l'armée de Condé et en Vendée. *Paris, Egron*, 1824, 3 vol. in-8, br. (*Très rare*).

727. **Saint-André** (Claude). Madame Du Barry, d'après des documents authentiques. Préface de M. Pierre de Nolhac. *Paris, Emile-Paul*, 1908, in-4, fig., br., couvert.

728. **Senac de Meilhan**. Du Gouvernement, des Mœurs et des Conditions en France, avant la Révolution. *Hambourg*, 1795. — Mémoires d'Anne de Gonzague, princesse palatine. *Paris*, 1786. — Portraits et Caractères des personnages distingués de la fin du XVIIIe siècle. *Paris, Dentu*, 1813. — La Foutro-manie, poème lubrique. *A Sardanapalis*, 1775. — Une Préface des Annales de Tacite. *Paris*, 1868. — Lettres inédites de la Marquise de Créqui à Senac de Meilhan. *Paris*, 1856. — Ens. 6 vol. in-8 et in-12, br. et reliés.

729. **Souvenirs et Mémoires**. Recueil mensuel de documents auto-biographiques, souvenirs, mémoires, correspondances. *Paris, Gougy*, 1898-1901, 6 vol. in-8, br.

730. **Tableaux historiques** des Campagnes d'Italie depuis l'an IV jusqu'à la bataille de Marengo ; suivis du Précis des opérations de l'armée d'Orient, des détails sur les cérémonies du Sacre, des Bulletins officiels de la Grande Armée et de l'armée d'Italie dans tout le cours de la dernière guerre d'Allemagne, jusqu'à la paix de Presbourg. *Paris, Aubert*, 1806, gr. in-fol., fig., demi-rel. bas. rouge, coins, dos orné, tr. dor.

Bel exemplaire.

731. **Tallemant Des Reaux**. Les Historiettes de Tallemant Des

Reaux. 3e édit. entièrement revue sur le manuscrit original et disposée dans un nouvel ordre, par MM. Monmerqué et Paulin Paris. *Paris, Techener*, 1854, 9 tomes en 5 vol. in-8, demi-rel. dos et coins de basane brune, tête rouge, non rog.

Exemplaire dans lequel on a intercalé de nombreux portraits.

732. **Tilly** (Comte Alexandre de). Mémoires pour servir à l'histoire des mœurs de la fin du XVIIIe siècle. *Paris*, 1828, 3 vol. in-8, demi-rel. veau rouge, tr. marb. — Œuvres mêlées du comte Alexandre de Tilly. *Berlin*, 1803, in-8, mar. rouge, tr. dor. (*Rel. anc.*). — Ensemble 4 volumes.

733. **Vandal** (Albert). L'Avènement de Bonaparte. *Paris, Plon*, 1902-1907, 2 vol. in-8, couvert. — Chuquet (A.). Ordres et Apostilles de Napoléon (1799-1815). *Paris, Champion*, 1911-1912, 4 vol. in-8, br., couvert. — Ens. 6 volumes.

734. **Vernet** (Carle). Campagnes des Français. — Consulat et Empire; galerie de 52 batailles et 100 portraits des maréchaux et personnages illustres de l'époque, gravés d'après les tableaux de ce grand maître, par Duplessis-Bertaux, précédée d'un texte historique et descriptif. *Paris, s. d.*, gr. in-fol., fig., demi-rel. chag. rouge, dos orné, tr. dor.

735. **Véron** (Docteur L.). Mémoires d'un Bourgeois de Paris. *Paris, G. de Gonet*, 1853-1855, 6 vol. in-8, br., couvert.

736. **York de Wartenburg** (Comte). Napoléon grand capitaine, traduit de l'allemand. *Berlin*, 1887, in-4, en feuilles.

Texte autographié.

HISTOIRE DE PARIS ET DES PROVINCES

737. **Abraham** (Tancrède). Angers et ses environs, album de gravures à l'eau-forte. Texte par MM. le Cte de Falloux, dom Piolin, J. André, E. Bellanger, etc. *Chateau-Gontier, Bezier*, 1876, in-fol., pap. vergé, fig., br.

Nous y joignons 13 planches lithographiées en couleurs représentant des Costumes de l'Anjou et de la Vendée.

738. **Beautemps-Beaupré** (C. J.). Coutumes et Institutions de l'Anjou et du Maine, antérieures au XVIe siècle. Textes et Documents avec notes et dissertations. *Paris, Durand*, 1877-1883, 4 vol. in-8, pap. vergé, br.

739. **Bodin** (J.). Recherches historiques sur Saumur et Angers. *Saumur*, 1845, 2 vol. in-8, pl., demi-rel. — Chronique des Comtes d'Anjou recueillies et publiées par MM. Marchegay et Salmon. *Paris, Renouard*, 1856-1871, 2 vol. in-8, br. — Angers et l'Anjou sous le régime municipal, par M. Blordier Langlois. *Angers, Cornilleau*, 1845, gr. in-8, demi-rel. chag. La Vallière, tr. dor. — Ens. 5 vol.

740. **Bourdigné** (Jehan de). Histoire agregative des Annales et cronicques danjou. *Angers, Cosnier*, 1841, 2 vol. in 8, fig., demi-toile. — L'Anjou et ses Monuments, par V. Godard-Faultrier et P. Hawke. *Angers, Cosnier*, 1839, 2 vol. gr. in-8, fig., demi-rel. chag. vert, dos orné, n. rog. — Ens. 4 vol.

741. **Delvau** (Alfred). Les Heures parisiennes. 25 eaux-fortes d'Emile Benassit. *Paris, librairie centrale*, 1866, in-12, fig., br., couvert. — Les Types de Paris, dessins de J.-F. Raffaelli. *Paris, Plon, s. d.*, in-4, fig., en livraisons. — Paris in old and present times, by Ph. G. Hamilton, with etchings and vignettes by A. Brunet-Debaines, M. Lalanne, Lhermitte, etc. *Londres, Seeley*, 1885, in-fol., fig., cart. toile de l'éditeur, tr. dor. — Ens. 3 vol.

742. **Desjardins** (Gustave). Le Petit-Trianon, histoire et description. *Versailles, Bernard*, 1885, in-8, fig., br., couvert.

743. **Fouquier** (Marcel). Paris au XVIIIe siècle. Ses Divertissements. — Ses Mœurs. — Directoire et Consulat. *Paris, Emile-Paul*, 1912, in-fol., pap. vergé, fig., br., couvert.

744. **Godard-Faultrier** (P.). L'Anjou et ses Monuments; illustrations de P. Hawke. *Angers, Cosnier*, 1839, 2 vol. gr. in-8, fig., demi-rel. chag. violet, coins. — D'Angers au Bosphore pendant la guerre d'Orient. *Paris, Maison*, 1858, 2 vol. in-8, fig., br. — Ens. 4 vol.

745. **Joubert** (André). Louis de Clermont, sieur de Bussy d'Amboise, gouverneur d'Anjou. — Etude sur les Misères de l'Anjou aux XVe et XVIe siècles. — L'Etablissement de la Maison d'Anjou dans le royaume de Naples. *Angers, Germain*, 1885-1887, 3 vol. in-8, fig., br. — Gilles de Rais dit Barbe-bleue, maréchal de France (1404-1440), par l'abbé Bossard. *Paris, Champion*, 1886, in-8, br. — La Fronde angevine, par A. Debidour. *Paris, Thorin*, 1877, in-8, br. — Ens. 5 vol.

746. **Marchegay** (Paul). Archives d'Anjou. *Angers, Labussière*, 1843, 2 vol. in-8, demi-rel. chag. bleu, coins, dos orné, tête dor., n. rog. — Notices archéologiques, par G. d'Espinay. *Angers, Barassé*, 1876-1878, 2 vol. in-8, fig., demi-rel. parchemin. — La Légende des Comtes d'Anjou, par G. d'Espinay. *Angers*, 1883-1893, 2 vol. in-8, br. — Ens. 6 vol.

747. **Mémoire** de la Province d'Anjou, dressé par M. de Miromesnil. Année 1698. 1 vol. in-4 de 143 pp. chif. et 4 feuillets de table, veau (*Rel. anc.*).

Belle Copie manuscrite enrichie d'un titre de départ en trois couleurs.

748. **Montorgueil** (Georges). La Vie à Montmartre : illustrations de Pierre Vidal. *Paris, Boudet, s. d.* (1899), gr. in-8, fig. en noir et en couleurs, br., couvert. — Eugène Montfort. Montmartre et les Boulevards, phonographies psychologiques et morales. *Paris, Les Marges*, 1908, pet. in-4, br., couvert. — Ens. 2 vol.

749. **Simond** (Charles). Paris de 1800 à 1900. *Paris*, *Plon*, 1900-1901, 4 vol. gr. in-8, fig., br., couvert. — Paris qui souffre, par Adolphe Guillot, avec une préface par Ernest Daudet. *Paris, Rouquette*, 1887, in-8, fig. — Voyages de Miss Berry à Paris, 1782-1836. *Paris*, *Picard*, *s. d.*, in-8, fig., br. — Ens. 6 volumes.

750. **Villeneuve Bargemont** (Vicomte F. L. de). Histoire de René d'Anjou, roi de Naples, duc de Lorraine et Comte de Provence. *Paris*, *Blaise*, 1825, 3 vol. in-8, fig., demi-rel. chag. rouge. — Le Roi René, sa vie et son administration, ses travaux artistiques et littéraires, d'après les documents inédits des archives de France et d'Italie, par A. Lecoy de la Marche. *Paris*, *Didot*, 1875, 2 vol. in-8, demi-rel. veau. — Ens. 5 volumes.

751. **Wismes** (Baron de). La Vendée. *Paris*, *s. d.*, in-fol., pl. lithographiées, demi-rel. chag. noir.

VOYAGES

752. **Amicis** (Edm. de). Le Maroc, trad. de l'italien par H. Belle, ouvrage illustré de 174 gravures sur bois. *Paris*, *Hachette*, 1882, gr. in-4, fig., demi-rel. maroq. vieux rouge, tête dor., n. rog., couvert. cons. (*Pouillet*).

753. **Basilique** (La) de Saint-Marc à Venise étudiée au double point de vue de l'art et de l'histoire, par une réunion d'écrivains vénitiens. — Il Tesoro San Marco in Venezia illustrato da Ant. Pasini. — Documenti per la Storia dell'augusta ducale basilica di San Marco. *Venezia*, *Ongania*, 1881-1886, gr. in-fol., fig. en noir et en couleurs, en trois cartons, et 10 cartons gr. in-4.

754. **Choiseul-Gouffier** (Comte de). Voyage pittoresque en Grèce. *Paris*, 1782-1822, 3 vol. in-fol., fig., cart., n. rog.
Légères mouillures et reliure fatiguée.

755. **Ebers et Guthe**. Palastina in bild und wort. *Stuttgart*, 1883, 2 vol. gr. in-4, fig. sur acier et sur bois, rel. de l'éditeur, tr. dor.

756. **Forbin** (Comte de). Voyage dans le Levant. *Paris*, 1819, gr. in-fol., en feuilles, dans un carton.

757. **Gigault de la Salle**. Voyage pittoresque en Sicile, dédié à S. A. R. Madame la Duchesse de Berry. *Paris*, *Didot*, 1822, 2 tomes en 1 vol. gr. in-fol., fig., demi-rel. maroq. rouge, tête dor., n. rog.

758. **Gobineau** (Comte A. de). Trois Ans en Asie (de 1855 à 1858). *Paris*, *Hachette*, 1859, in-8, br., couvert. — Les Religions et les Philosophies dans l'Asie centrale. *Paris*, *Didier*, 1865, in-8, demi-rel. chag. noir. — La Renaissance, scènes historiques. *Paris*, *Plon*, 1877, pet. in-8, demi-toile rouge Bradel, n. rog., couvert. cons. — Ens. 3 vol.

759. **Gourdault** (Jules). L'Italie, illustrée de 450 gravures sur bois. *Paris*, *Hachette*, 1877, gr. in-4, fig., demi-rel. chag. vieux rouge, tête dor., n. rog.

760. **Gourdault** (Jules). La Suisse, études et voyages à travers les 22 cantons. Ouvrage illustré de 750 gravures sur bois. *Paris*, *Hachette*, 1879, 2 vol. gr. in-4, fig., rel. de l'édit. en chag. vert, armoiries sur les plats, dent. int., tr. dor.

761. **Gueudeville**. Atlas historique, ou Nouvelle Introduction à l'Histoire, à la Chronologie et à la Géographie ancienne et moderne, représentée dans de nouvelles cartes. *Amsterdam*, *L'honoré*, 1718, 8 vol. in-fol., veau (*Rel. anc.*).

762. **Guillaumet** (Gustave). Tableaux algériens. Ouvrage illustré de 12 eaux-fortes, de 6 héliogravures et de 128 gravures en relief d'après les tableaux, les dessins et les croquis de l'artiste, précédé d'une Notice sur la vie et les œuvres de Guillaumet, par Eugène Mouton. *Paris*, *Plon*, 1888, gr. in-8, fig., br., couv.

L'un des 100 ex. d'artiste contenant les planches hors texte en *trois états*.

763. **Guimet** (Emile). L'Espagne. Lettres familières avec des Post-Scriptum en vers, par Henri de Riberolles. *Paris, L. Cajani*, 1864, in-fol., fig. lithographiées, rel. de l'éditeur en chag. plein, ornements spéciaux.

764. **Havard** (Henry). La Hollande à vol d'oiseau; eaux-fortes et fusains par Maxime Lalanne. *Paris, Decaux*, 1881, gr. in-8, fig., br., couvert.

L'un des 100 ex. sur *papier de Hollande* contenant les eaux-fortes en *deux états*, enrichi de *deux dessins originaux au crayon de Max. Lalanne*, sur le faux-titre, accompagnés d'une *dédicace de l'artiste à M. Chéramy*. — Nous y joignons : Amsterdam et Venise, par H. Havard. *Paris, Plon*, 1876, gr. in-8, fig., br., couvert.

765. **Janin** (Jules). Voyage en Italie. *Paris, Bourdin*, 1839, gr. in-8, fig. sur acier, chagrin grenat, ornements à froid sur les plats, dos orné, dent. int., tr. dor. (*Rivage*).

Bel exemplaire. — Premier tirage.

766. **Jousset** (P.). L'Italie illustrée. *Paris, Larousse, s. d.*, in-4, fig., rel. de l'éditeur. — Mon Voyage en Italie, par A. Spuhler, album illustré de 800 photographies. *Neuchatel, s. d.*, in-fol. oblong, fig., cart. toile de l'édit. — Toute l'Italie, collection de 2.000 photographies avec texte. *Paris, Eitel, s. d.*, in-fol. oblong, fig., rel. de l'éditeur. — Ens. 3 vol.

767. **Molinier** (Emile). Venise, ses arts décoratifs, ses musées et ses collections. *Paris*, 1889, gr. in-4, fig., br. — J. Gourdault. A travers Venise. *Paris, Rouam, s. d.*, in-fol., fig., cart. toile de l'édit., tr. dor. — Venise, ses principaux monuments dessinés et lithographiés par A. Rouargue. *Paris, Ve Delpech, s. d.*, gr. in-fol., fig., demi-rel. — Ens. 3 vol.

768. **Moschelli** (A.). Vues de Rome et de ses environs. *Roma, Ducro*, 1855, in-fol., fig., demi-rel. chag. rouge.

Album composé d'un titre imprimé en vert, d'un plan de Rome et de 67 planches tirées sur *papier de Chine collé*.

769. **Muntz** (Eugène). Florence et la Toscane. Paysages et monuments, mœurs et souvenirs historiques. *Paris, Hachette*, 1897, in-4, fig., rel. de l'éditeur.

770. **Ongania**. Calli e Canali in Venezia. *Venezia*, 1891, gr. in-fol., 50 planches, en feuilles, dans un carton.

771. **Palmieri** (M. A.). L'Egypte et la Nubie. Grand Album monumental, historique, architectural. Reproduction par les procédés inaltérables de la phototypie, de cent cinquante vues photographiques par M. Béchard. *Paris*, *Chaix*, 1887, in-fol., fig., en feuilles, dans un carton.

772. **Pausanias**. Description de la Grèce. Traduction nouvelle avec le texte grec collationné sur les manuscrits de la Bibliothèque du Roi, par M. Clavier. *Paris*, *Bobée*, 1820-1821, 6 vol. in-8, demi-rel.

773. **Quadri** (Antonio). Il Canal grande di Venezia, rappresentato in 60 tavole, rivelate ed incise da D. Moretti. *Venezia*, 1828, in-fol., fig., en livraisons.

774. **Rothschild** (Baronne Nathaniel de). Skizzen aus dem Süden. *Wien*, 1894, 2 vol. gr. in-fol., pap. vélin à la forme, fig., veau marb., filets, dos orné, dent. int., tête dor., n. rog.

Dédicace autographe au premier volume.

775. **Saint-Non** (Abbé de). Voyage pittoresque ou Description des royaumes de Naples et de Sicile. *Paris*, 1781-1786, 5 vol. in-fol., fig., veau fauve, fil., dos orné, tr. dor. (*Rel. anc.*).

776. **Stackelberg** (Baron de). La Grèce. Vues pittoresques et topographiques. *Pari* , *Ostervald*, 1834, 2 vol. in-fol., pl. lithographiées, demi-rel. chag. vert.

777. **Turpin de Crissé** (Comte). Souvenirs du Golfe de Naples, recueillis en 1808, 1818 et 1824. *Paris*, 1828, in-fol., fig., demi-rel. veau bleu.

778. **Vivant Denon**. Voyage dans la Basse et la Haute Egypte, pendant les campagnes du général Bonaparte. *Paris*, *Didot*, 1802, in-4 pour le texte, et gr. in-fol. pour les planches, cart.

779. **Vuillier** (Gaston). Les Iles oubliées, les Baléares, la Corse,

la Sardaigne, impressions de voyage illustrées par l'auteur. — La Sicile, impressions du présent et du passé. *Paris, Hachette*, 1893-1896, 2 vol. gr. in-4, fig., demi-rel., dos et coins de mar. rouge, tête dor., non rog.

780. **Wordsworth** (C.). La Grèce pittoresque et historique, ancienne et moderne. Traduction de M. E. Regnault, illustrée de 366 gravures sur bois. *Paris, Curmer*, 1841, gr. in-8, fig., cart. de l'éditeur, ornements dorés et mosaïqués sur les plats, tr. dor.

Bel exemplaire très frais.

781. **Yriarte** (Charles). Venise. Histoire. Art. Industrie. La Ville. La Vie. Ouvrage orné de 525 gravures dont 50 tirées hors texte et plusieurs en couleur. *Paris, Rothschild*, 1878, pet. in-fol., fig., en feuilles, dans deux cartons.

LIVRES ILLUSTRÉS

782. **Album de l'Opéra**. Principales scènes et décorations les plus remarquables des meilleurs ouvrages représentés sur la scène de l'Académie royale de musique; dessins de MM. Alophe, Baron, Challamel, C. Deshays, A. Devéria, Français, Lépaulle, Mouilleron, et Cél. Nanteuil. *Paris, Challamel, s. d.*, in-4, 24 pl. lithographiées en noir, br., couvert.

Nous y joignons un ex. en demi-rel. contenant les *figures coloriées et gouachées.*

783. **Almanach** de Gœttingue pour l'année 1791. *Chez J. G. Dietrich*, in-18, fig., cart. de l'édit., tr. dor.

Almanach illustré d'un titre et de 12 figures par Chodowiecki, de 12 planches de costumes et d'une figure par Riep, et de 6 figures d'après Hogarth.

784. **Berlinischer** Damen Kalender auf das Jahr 1798. *Berlin, J. Fr. Unger*, in-18, fig., cart., tr. dor.

Almanach illustré d'un titre, de 5 planches de costumes et de coiffures, de 12 figures par Chodowiecki et d'une planche par Hogarth.

785. **Almanach**. Phèdre et Hypolite. *Paris, Marcilly*, an XIII, in-32, 12 figures non signées, maroq. rouge à grain long, dentelle, dos orné, tr. dor. (*Rel. anc.*).

786. **Anacréon**, Sapho, Bion et Moschus, traduction nouvelle en prose, suivie de la Veillée des fêtes de Vénus, par M. M*** C*** (Moutonnet de Clairfons). *Paris, Bastien*, 1780, in-8, fig. veau (*Rel. anc.*).

Livre illustré de 2 frontispices, 12 vignettes et 13 culs-de-lampe par Eisen, gravés par Massard.

787. **Anglais** (Les) peints par eux-mêmes, par les sommités littéraires de l'Angleterre; dessins de M. Kenny Meadow. Traduction de M. Emile de Labédollierre. *Paris, Curmer*, 1840, 2 vol. gr. in-8, fig. sur bois, demi-rel. veau violet, dos orné (*Simier*).

Bel exemplaire. — Premier tirage.

788. **Aventures** merveilleuses de Huon de Bordeaux, pair de France, et de la belle Esclarmonde, ainsi que du petit roi de féerie Auberon, mises en nouveau langage par Gaston Paris; illustrations de Manuel Orazi. *Paris, Didot*, 1898, in-4, fig. en couleurs, br., couvert.

Premier tirage.

789. **Beaumont** (Edouard de). Fleur des Belles Epées. *Paris, Boussod*, 1885, in-fol., fig. gravées à l'eau-forte, en feuilles, dans un carton. — L'Epée et les Femmes; 5 compositions hors texte de Meissonier. *Paris, Jouaust*, 1881, gr. in-8, fig., br., couvert. (*Ex. sur papier Whatman avec les fig. en deux états*). — A. Grisier. Les Armes et le Duel. *Paris*, 1847, in-8, fig., rel. en chag. vert, filets, dos orné, tr. dor. — Ens. 3 vol.

790. **Bédier** (J.). Le Roman de Tristan et Iseult, reconstitué

d'après les poèmes français du XIIe siècle, et illustré par Robert Engels. *Paris*, *Piazza*, 1900, gr. in-4, fig. en couleur, br., couvert.

791. **Beroalde de Verville.** Le Tableau des Riches Inventions couvertes du voile des feintes amoureuses, qui sont representées dans le Songe de Poliphile, desvoilées des ombres du Songe, et subtilement exposées. *Paris, Guillemot*, 1600, in-4, fig., maroq. vert, dentelle sur les plats, dos orné, filets à l'intérieur, tr. dor. (*Thompson*).

Livre illustré d'un très beau frontispice gravé au burin par L. Gaultier et de jolies vignettes dans le texte, gravées sur bois, dont le dessin est attribué à Jean Cousin.

792. **Cazotte** (J.). Le Diable amoureux, roman fantastique, précédé de sa vie, de son procès et de ses prophéties et révélations, par Gérard de Nerval, illustré de 200 dessins par E. de Beaumont. *Paris*, *Ganivet*, 1845, in-8, fig. sur bois, demi-mar. rouge Bradel, coins, *non rogné* (*David*).

Premier tirage.

793. **Cervantès Saavedra** (Miguel de). El Ingenioso Hidalgo don Quijote de la Mancha ; dibujos de Gustave Doré, grabados par H. Pisan. *Barcelona*, *Riera*, 1875, 2 vol. gr. in-fol., fig., demi-rel. chag. rouge, coins, dos orné.

794. **Champagny** (Clerjon de). Album d'un Soldat pendant la campagne d'Espagne en 1823. *Paris*, *Gosson*, 1829, in-8, fig., demi-rel. veau, dos orné, couvert. cons.

Ouvrage orné de 40 figures en couleurs lithographiées.

795. **Choderlos de Laclos.** Les Liaisons dangereuses, par C... de L.... *Genève*, 1792, 2 vol. in-18, fig., veau, fil., dos orné (*Rel. anc.*).

Edition illustrée de 8 jolies figures de Le Barbier, gravées par Delignon, Halbou, etc.

796. **Choderlos de Laclos.** Les Liaisons dangereuses. Lettres recueillies dans une société, et publiées pour l'instruction de

quelques autres, par C*** de L***. *Londres*, 1796, 2 vol. in-8, fig., cart. toile Bradel, n. rog. (*Pierson*).

Seconde édition sous cette date ornée d'un frontispice et de 13 figures par Fragonard, Mlle Gérard, Monnet, etc. — Bel exemplaire auquel on a joint une *longue lettre autographe de l'auteur* datée du 4 sept. 1792.

797. **Choderlos de Laclos.** Les Liaisons dangereuses. Edition publiée d'après le texte original, avec une Etude sur Choderlos de Laclos et une Bibliographie des « Liaisons Dangereuses », par Ad. Van Bever. *Paris, Chevrel*, 1908, gr. in-8, fig., br., couvert.

Exemplaire imprimé sur *papier du Japon* avec une *double suite* en noir et en sanguine.

798. **Dante Alighieri.** L'Inferno, colle figure di G. Doré. *Parigi, Hachette*, 1861, gr. in-fol., fig., cart. toile de l'éditeur, n. rog.

799. **Davillier** (Baron Ch.). L'Espagne, illustrée de 309 gravures dessinées sur bois par Gustave Doré. *Paris, Hachette*, 1874, gr. in-4, fig., br., couvert.

Premier tirage.

800. **Demidoff** (Anatole de). Voyage dans la Russie méridionale et la Crimée par la Hongrie, la Valachie et la Moldavie, illustré par Raffet. 2e édit. revue et augmentée par l'auteur. *Paris, Bourdin*, 1854, gr. in-8, fig., br., couvert. — L'Espagne pittoresque, artistique et monumentale, mœurs, usages et costumes, par MM. Manuel de Cuendias et V. de Féréal; illustrations par Célestin Nanteuil. *Paris*, 1848, gr. in-8, fig., br., couvert. (*Premier tirage*). — Ens. 2 vol.

801. **Diable à Paris** (Le). Paris et les Parisiens. Illustrations par Gavarni, Bertall, Champin, Bertrand, d'Aubigny, Français. *Paris, Hetzel*, 1845-1846, 2 vol. gr. in-8, fig. sur bois, cart. toile de l'éditeur, n. rog.

Premier tirage. — Bel exemplaire.

802. **Doucet** (Jérôme). Pétrone. Introduction et Fragments, illustrés de huit compositions de Louis-Edouard Fournier;

eaux-fortes de Lesueur. *Paris*, *Ferroud*, 1902, in-8, fig., br., couvert.

L'un des 50 ex. sur *papier du Japon*, contenant deux états des figures dont l'eau-forte avant la lettre.

803. **Enault** (Louis). Londres, illustré de 174 gravures par Gustave Doré. *Paris*, *Hachette*, 1876, in-fol., fig., br., couvert.

Premier tirage.

804. **Ferrant** (Luis). Coleccion de 12 sujets de Toros. *Madrid*, *s. d.*, gr. in-fol. oblong, planches lithographiées à deux teintes, cart. — Les Courses de Taureaux; texte par A. Dayot; illustrations par M. Luque. *Paris*, *Baschet*, *s. d.*, in-4, fig., br., couvert. — Les Courses de Taureaux expliquées, manuel tauromachique, par M. Oduaga-Zolardo. *Paris*, 1854, in-8, fig., br. — Ens. 3 vol.

805. **Galerie** des Artistes dramatiques de Paris. *Paris*, *Marchant*, 1841-1842, 2 vol. in-4, portr., demi-rel. dos et coins de chagrin bleu, dos orné.

Bel exemplaire avec les 100 portraits tirés sur Chine.

806. **Girodet**. Les Amours des Dieux, recueil de compositions lithographiées par MM. Aubry-Lecomte, Chatillon, Coupin de Lacouprée, etc. *Paris*, *Engelmann*, 1826, in-fol., 15 pl. sur papier de Chine, demi-rel. chag. vert. — Anacréon. Recueil de compositions, gravées par Chatillon, avec la traduction en prose des Odes, faite également par Girodet. *Paris*, *Chaillou*, 1825, pet. in-fol., fig., demi-rel. chag. vert. — Ens. 2 volumes.

807. **Gœthe**. Faust, tragédie, traduite en français par M. Albert Stapfer, ornée d'un portrait de l'auteur et de dix-sept dessins composés d'après les principales scènes de l'ouvrage et exécutés sur pierre, par M. Eugène Delacroix. *Paris*, *Motte*, 1825, in-fol., portr. et fig., cart., *non rogné*.

Bel exemplaire à toutes marges.

808. **Gœthe**. Faust, tragédie, traduite en français par M. Albert

Stapfer, ornée d'un portrait de l'auteur et de dix-sept dessins composés d'après les principales scènes de l'ouvrage et exécutés sur pierre, par M. Eugène Delacroix. *Paris, Motte*, 1828, in-fol., portr. et fig., chagrin vert, compartim. de filets droits et courbes sur les plats, dos orné, tr. dor.

Bel exemplaire dans une jolie reliure romantique.

809. **Gœthe**. Faust, tragédie, traduite en français par M. Albert Stapfer, ornée d'un portrait de l'auteur et de dix-sept dessins composés d'après les principales scènes de l'ouvrage et exécutés sur pierre par M. Eugène Delacroix. *Paris, Motte*, 1828, in-fol., fig., demi-rel. maroq. rouge à grain long, coins, dos orné, n. rog.

Très bel exemplaire avec les lithographies sur *papier de Chine*.

810. **Gœthe**. Faust, tragédie, traduite en français par M. A. Stapfer, ornée d'un portrait de l'auteur et de dix-sept dessins composés d'après les principales scènes de l'ouvrage et exécutés sur pierre, par M. Eugène Delacroix. *Paris, Motte*, 1828, in-fol., fig., demi-rel. chag. vert, pl. toile.

Exemplaire auquel on a réuni : Hamlet, 13 sujets dessinés et lithographiés par E. Delacroix.

811. **Grasset Saint-Sauveur** (J.). L'Antique Rome ou Description historique et pittoresque de tout ce qui concerne le peuple romain dans ses costumes.... depuis Romulus jusqu'à Augustule. *Paris, Deroy*, 1796, pet. in-4, fig., veau marb., dentelle sur les plats, dos orné, dent. int., tr. dor. (*Rel. anc.*).

Livre illustré de 50 planches dessinées par Labrousse, gravées par de Saint-Sauveur. — Exemplaire contenant les figures en deux états : *en noir et en couleurs*.

812. **Hancarville** (d'). Monumens de la Vie privée des Douze Césars, d'après une suite de pierres, gravées sous leur règne. *A Caprée, chez Sabellius*, 1786. — Monumens du Culte secret des Dames romaines pour servir de suite aux Monumens de la Vie privée des XII Césars. *Rome*, 1784. 2 vol. in-4, fig., veau, petite dentelle autour des plats, dos orné, tr. dor. (*Rel. anc.*).

813. **Hancarville** (d'). Monumens de la Vie privée des Douze

Césars gravés d'après une suite de pierres et médailles. — Monumens du Culte secret des Dames romaines. *Rome*, 1785-1787, 2 vol. gr. in-8, fig. et texte gravés, veau, dos orné, tr. dor. (*Rel. dépareillée*).

814. **Histoire** des Quatre Fils Aymon, très nobles et très vaillans chevaliers, illustrée de compositions en couleurs par Eugène Grasset, gravure et impression par Charles Gillot. Introduction et Notes par Charles Marcilly. *Paris, Launette*, 1883, in-4, fig., br., couvert.

815. **Historische** print-en dicht-tafereelen, van Jan Baptist Girard, en juffrou Maria Catharina Cadiere. *S. l.* (*Hollande*), 1735, pet. in-4, fig., cart.

Satire en vers hollandais sur l'affaire du Père Girard et de la Belle Cadière ornée de 32 estampes, gravées à l'eau-forte, dont plusieurs sont libres.

816. **Homère.** Iliade, traduction nouvelle, accompagnée de notes, d'explications et commentaires, et précédée d'une introduction, par Eugène Bareste, illustrée par MM. A. Titeux et A. de Lemud. *Paris, Lavigne*, 1843, in-8, fig. sur bois, cart. toile de l'éditeur, ornements dorés sur les plats, tr. dor.

Bel exemplaire. — Premier tirage.

817. **Krickel et Lange.** Das deutsche Reichsheer in seiner neuesten bekleidung und ausrüstung. *Berlin, Toussaint, s. d.*, pet. in-fol. oblong, fig., cart. toile de l'édit., tr. marb.

Beau recueil orné de 46 planches lithographiées en couleur représentant les uniformes des armées allemandes.

818. **La Fontaine.** Œuvres complètes, ornées de trente vignettes, dessinées par Devéria, et gravées par Thompson. *Paris, Sautelet*, 1826, in-8, fig. sur bois, demi-rel. veau brun, *non rogné*.

Bel exemplaire. — Premier tirage.

819. **La Guérinière** (de). Ecole de Cavalerie, contenant la connoissance, l'instruction et la conservation du Cheval, avec figures en taille-douce. *Paris, Huart*, 1751, in-fol., fig., veau marb., filets, dos orné (*Rel. anc.*).

Exemplaire aux armes de *Antoine-René de Voyer d'Argenson, Marquis de Paulmy*.

820. **Longus**. Les Pastorales de Longus ou Daphnis et Chloé. Traduction de Jacques Amyot, revue par Paul-Louis Courier. Introduction par M. Houssaye. *Paris, Maury et Cie*, 1873, in-4, fig., demi-rel., dos et coins de mar. bleu, tête dor., non rogné.

Un des 30 exemplaires sur papier de Chine, contenant les figures de Prudhon et les vignettes d'Eisen, avant la lettre.

821. **Lucien**. Dialogues des Courtisanes. Traduction nouvelle de Jules de Marthold. Compositions et lithographies de Emile Berchmans. *Paris, Edition Boudet, s. d.*, gr. in-8, fig. en couleurs, br., couvert.

822. **Lucien**. Dialogues des Courtisanes. Traduction nouvelle de Jules de Marthold. Compositions et lithographies de Emile Berchmans. *Paris, Edition Boudet, s. d.*, gr. in-4, fig. en couleurs, br., couv.

Un des 25 exemplaires sur *papier du Japon* contenant une suite en noir, sur *papier de Chine*, de toutes les compositions.

823. **Lucien**. Scènes de Courtisanes. Traduction de H. Piazza et C. Chabault; illustrations de Richard Ranft. *Paris, Piazza*, 1901, in-8, fig. en couleurs, pap. vélin de cuve, br., couv., étui.

824. **Kugler** (Franz). Geschichte Friedrichs der Grossen, gezeichnet von Adolf Menzel. *Leipzig, Weber*, 1840, gr. in-8, figures sur bois, demi-rel. maroq, rouge, coins, tête dor., n. rog., couvert. cons. (*Behrends*).

Premier tirage. — Bel exemplaire provenant de la bibliothèque de Charles Asselineau.

825. **Menzel** (Adolph). Aus Konig Friedrichs II. Kriegs und friedens-helden in holz geschnitten von E. Kretzschmar, herausgegeben und mit biographischen notizen begleitet von Alex. Duncker. *Berlin*, 1856, gr. in-fol., portraits gravés sur bois, en feuilles, couvert., dans un carton.

Belles épreuves sur papier de Chine.

826. **Menzel** (Adolphe). Illustrations des Œuvres de Frédéric-le-Grand, gravées sur bois par O. et A. Vogel, Fr. Unzelmann et H. Müller. 200 feuillets avec texte de L. Pietsch. *Berlin, Wagner*, 1882, 4 vol. pet. in-fol., fig., br., couvert., dans des cartons.

Ex. sur *papier de Hollande* avec les figures sur *papier de Chine*.

827. **Mérimée** (Prosper). Carmen. *Paris, Levy*, 1884, pet. in-8, br., couvert.

L'un des 50 ex. sur *papier du Japon* auquel nous joignons la suite des 9 vignettes d'Arcos, gravées à l'eau-forte par Nargeot, épreuves avant la lettre sur papier vélin de cuve.

828. **Mille et une Nuits** (Les), contes arabes, traduits par Galland. Edition illustrée par les meilleurs artistes français et étrangers, revue et corrigée sur l'édition princeps de 1704. *Paris, Bourdin et Cie, s. d.* (1843), 3 vol. gr. in-8, fig. sur bois, brochés, couvert.

Bel exemplaire. — Premier tirage.

829. **Mirages**, scènes de la Vie arabe. Compositions de E. Dinet, commentées par Sliman-Ben-Ibrahim-Bramer. *Paris, Piazza et Cie*, 1906, in-8, pap. vélin de cuve, fig. en couleurs, br., couv., étui.

830. **Mirys** (S. D.). Figures de l'Histoire de la République romaine, accompagnées d'un précis historique, d'après les dessins de S. D. Mirys. *Paris, Mirys*, an VIII, in-4, front. et fig., veau racine, large dent. autour des plats, dos orné, tr. dor. (*Tessier*).

Livre illustré de 180 figures, gravées par différents artistes. — Bel exemplaire sur papier vélin avec cette inscription dorée sur le plat supérieur : *Prix donné au nom de l'empereur par le ministre de l'intérieur an XII.*

831. **Molière**. Œuvres, précédées d'une Notice sur sa vie et ses ouvrages, par M. Sainte-Beuve. Vignettes par Tony Johannot. *Paris, Paulin*, 1835-1836, 2 vol. gr. in-8, figures sur bois, cart., *non rognés*.

Premier tirage.

832. **Ovide**. Les Amours. Traduction du Cte de Séguier; gravures de Méaulle; dessins de Meyer. *Paris, Quantin*, 1879, in-18, fig. et encadrements en couleurs, br., couvert.

833. **Parny** (Chevalier de). Opuscules. 3e édition corrigée et augmentée. *Londres*, 1781, in-18, fig., veau marb., filets, dos orné, dent. int., tr. dor. (*Rel. anc.*).

Livre illustré d'un titre et de 4 figures non signés.

834. **Poten** (Bernhard). Unser Wolk in Waffen; illustriert von Chr. Speyer. *Berlin, Spemann, s. d.*, in-fol., fig., en livraisons.

835. **Prévost** (Abbé). Histoire de Manon Lescaut et du chevalier Des Grieux. Préface de Guy de Maupassant. Illustrations de Maurice Leloir. *Paris, Launette*, 1885, pet. in-fol., fig., br., couvert.

836. **Rabe et Burger**. Die Brandenburg Preussische Armee in historischer darstellung. 200 kolorierte malerische einzelfiguren auf 20 querfolio-tafeln. *Berlin, Meidinger, s. d.*, gr. in-fol. oblong, fig., en feuilles, dans un emboîtage.

837. **Rabelais**. Œuvres. Edition conforme aux derniers textes revus par l'auteur; une notice et un glossaire par P. Jannet. Illustrations de A. Robida. *Paris, Librairie illustrée, s. d.*, 2 vol. in-4, fig., cart. toile de l'édit., n. rog.

838. **Rabiâ El Kouloub** ou le Printemps des Cœurs. Légendes sahariennes recueillies par Sliman-Ben-Ibrahim, traduites par E. Dinet. *Paris, Piazza*, 1902, in-8 carré, pap. vélin de cuve, fig. en couleurs, br., couv., étui.

Beau volume très recherché.

839. **Robida** (A.). Les Vieilles Villes d'Italie. *Paris, Dreyfous*, 1878, in-8, fig., demi-rel. chag. rouge, dos orné, tr. dor. — Les Vieilles Villes d'Espagne. *Paris, Dreyfous*, 1880, in-8, fig., br., couvert. — La Vieille France. Bretagne. *Paris, s. d.*, in-4, fig., cart. de l'éditeur, n. rog. — Ens. 3 vol.

840. **Roche** (Edmond). Poésies posthumes, avec une Notice par M. Victorien Sardou. Eaux-fortes par MM. Corot, De Bar, Herst, Michelin, Grenaud. *Paris, Lévy*, 1863, in-12, portr. et fig., demi-rel. mar. brun clair, tête dor., n. rog., couvert.

841. **Sade** (Marquis de). Justine ou les Malheurs de la vertu. *En Hollande*, 1791, in-8, front. de Chézy gr. par Carrée, veau marb., filets, dos orné (*Rel. anc.*).

Première édition, rare.

842. **Sand** (Maurice). Masques et Bouffons (Comédie italienne); gravures par A. Manceau, préface par George Sand. *Paris, Lévy*, 1862, 2 vol. gr. in-8, fig., demi-rel. maroq. rouge, coins, dos orné, tête dor., n. rog.

Premier tirage. — Bel exemplaire avec les *figures coloriées*.

843. **Sauvan**. Diorama anglais ou Promenades pittoresques à Londres, renfermant les notes les plus exactes sur les caractères, les mœurs et usages de la nation anglaise, par M. S..., ouvrage orné de 24 planches gravées et enluminées et de plusieurs sujets caractéristiques. *Paris, Didot*, 1823, in-8, fig., demi-rel. maroq. rouge, dos orné.

Livre illustré de belles planches coloriées d'après Cruikshank.

844. **Saxe** (Maurice, Comte de). Mes Rêveries. Ouvrage posthume, augmenté d'une histoire abrégée de sa vie et de différentes pièces qui y ont rapport, par l'abbé Pérau. *Amsterdam et Leipzig, Arkstée et Merkus*, 1757, 2 vol. in-4, pl., veau fauve, fil., dos orné (*Rel. anc.*).

Bel exemplaire avec les *planches enluminées*, aux armes du roi *Louis XV*.

845. **Seidel** (Dr Paul). Friedrich der Grosse und die franzosische Malerei seiner Zeit, 60 tafeln in lichtdruck, darunter 12 farbige, von A. Frisch. *Berlin, Frisch, s. d.*, gr. in-fol., fig. en noir et en couleurs, cart. toile de l'éditeur, tr. dor.

846. **Sliman Ben Ibrahim**. El Fiafi Oua El Kifar ou le Désert;

illustrations de E. Dinet. *Paris*, *Piazza*, 1911, in-8, pap. vélin de cuve, fig. en couleurs, br., couv., étui.

847. **Sterne** (L.). Voyage sentimental en France et en Italie. Traduction nouvelle et Notice de M. Emile Blémont ; illustrations de Maurice Leloir comprenant 220 dessins dans le texte et 12 grandes compositions hors texte. *Paris*, *Launette*, 1884, gr. in-4, fig., br., couvert.

848. **Sue** (Eugène). Les Mystères de Paris. Nouvelle édition, revue par l'auteur. *Paris*, *Gosselin*, 1843-1844, 4 vol. gr. in-8, fig. sur bois et sur acier, demi-rel.

Premier tirage.

849. **Sue** (Eugène). Le Juif errant. Edition illustrée par Gavarni. *Paris*, *Paulin*, 1845, 4 tomes en 2 vol. gr. in-8, fig. sur bois, cartonnés.

Premier tirage.

850. **Tennyson** (Alfred). Les Idylles du Roi. — Enide. — Viviane. — Elaine. — Genièvre. Poèmes traduits de l'anglais par Francisque-Michel, avec trente-six gravures sur acier, d'après les dessins de Gustave Doré. *Paris*, *Hachette*, 1869, in-fol., pl., cart. de l'éditeur.

851. **Tissot** (J. James). La Vie de Notre-Seigneur Jésus-Christ. 365 compositions d'après les quatre Evangiles, avec des notes et des dessins explicatifs. *Tours*, *Mame*, 1896-1898, 2 vol. in-fol., fig. en couleurs, cart. de l'éditeur, gardes en soie rouge, n. rog.

852. **Uzanne**. L'Eventail. — L'Ombrelle ; Le Gant ; Le Manchon. Illustrations de Paul Avril. *Paris*, *Quantin*, 1882-1883, 2 vol. gr. in-8, fig. en couleurs, br., couv.

853. **Uzanne** (Octave). Son Altesse la Femme. Ouvrage illustré par Henri Gervex, J.-A. Gonzalès, L. Kratké, Albert Lynch, Adrien Moreau et Félicien Rops. *Paris*, *Quantin*, 1885, gr. in-8, fig. en couleurs, pap. vélin de cuve, br., couv.

854. **Uzanne** (Octave). La Française du Siècle. Modes. — Mœurs. — Usages. Illustrations à l'aquarelle de Albert Lynch, gravées à l'eau-forte en couleurs, par Eugène Gaujean. *Paris, Quantin*, 1886, gr. in-8, pap. vélin de cuve, fig., br., couv., étui.

855. **Uzanne** (Octave). Le Miroir du Monde. Notes et sensations de la vie pittoresque. Illustrations en couleurs d'après Paul Avril. *Paris, Quantin*, 1888, gr. in-8, pap. vélin de cuve, fig., br., couv.

856. **Vigny** (Alfred de). Servitude et Grandeur militaires. Dessins de Julien Le Blant, gravés à l'eau-forte par Champollion. *Paris, Jouaust*, 1885, in-8, papier vélin de Hollande, port. et fig., br., couvert.

857. **Vigny** (Alfred de). Stello, avec une introduction de Jules Case. *Paris, Société artistique du Livre illustré*, 1901, in-8, br., couvert.

Edition illustrée de 65 compositions de Georges Scott, gravées sur bois par Eug. Dété.

858. **Voragine** (J. de). La Légende dorée. Traduction française de H. Piazza. Dessins et lithographies de A. Lunois. *Paris, Boudet*, 1896, in-4, fig. en couleurs, maroq. La Vallière jans., tête dor., n. rog., couvert. cons.

Bel exemplaire.

859. **Wilde** (Oscar). Salomé, drame en un acte, avec seize hors texte par Aubrey Beardsley. *Paris, Edition tirée à petit nombre, imprimée pour les Souscripteurs*, 1907, pet. in-4, pap. vélin à la cuve, fig., br., couvert.

Environ 4.000 volumes non catalogués : Beaux-Arts, Musique, Littérature française et étrangère, Histoire d'Italie, Voyages, etc., et de nombreux albums de photographies : reproductions de tableaux et portraits de personnages célèbres, seront vendus à l'issue de chaque vacation.

TABLE DES DIVISIONS

IMPRIMERIE CENTRALE DE L'OUEST
56-60, RUE DE SAUMUR
LA ROCHE-SUR-YON
(VENDÉE)

www.ingramcontent.com/pod-product-compliance
Ingram Content Group UK Ltd.
Pitfield, Milton Keynes, MK11 3LW, UK
UKHW031907260826
14628UKWH00003B/1041

9 782329 366401